DU MÊME AUTEUR

MICHEL BAROIN : LES SECRETS D'UNE INFLUENCE, Plon, 1992.

LE SÉRAIL : HISTOIRE D'UNE PROMOTION DE L'ENA, avec Jérôme Cordelier, Librairie académique Perrin, 1995.

CHANGER D'ÈRE : PROGRÈS, DÉCLIN, TRANSFORMATION, Descartes & Cie, 1995.

Dir. avec Christian Gros, LA COLOMBIE À L'AUBE DU TROISIÈME MILLÉNAIRE, IHEAL, 1996.

Dir. avec Olivier Beaud, LA RESPONSABILITÉ DES GOUVERNANTS, Descartes & Cie, 1999.

LES DÉFIS DE L'ÉDUCATION EN AMÉRIQUE LATINE, avec Hélgio Trindade, IHEAL, 2000.

AMÉRIQUE LATINE, Les études de la Documentation française, 2002.

L'ÉCOLE DE LA VIE : POUR QUE CHACUN PUISSE RÉUSSIR, Odile Jacob, 2014.

L'INVENTION DE L'ÉTAT : LÉON DUGUIT, MAURICE HAURIOU ET LA NAISSANCE DU DROIT PUBLIC MODERNE, avec Marc Milet, Odile Jacob, 2015.

L'ÉCOLE DE DEMAIN : PROPOSITIONS POUR UNE ÉDUCATION NATIONALE RÉNOVÉE, Odile Jacob, 2016.

LA COLOMBIE, PUF, coll. « Que sais-je ? », 2017.

CONSTRUISONS ENSEMBLE L'ÉCOLE DE LA CONFIANCE, Odile Jacob, 2018.

QUELLE ÉCOLE VOULONS-NOUS ? LA PASSION DU SAVOIR, avec Edgar Morin, Odile Jacob/Sciences humaines éditions, 2020.

JEAN-MICHEL BLANQUER

ÉCOLE OUVERTE

nrf

GALLIMARD

À Léonard

INTRODUCTION

Je fais et je ferai tout pour que cette épidémie ait eu au moins ce mérite : nous obliger à retrouver le sens de l'École. Il y a encore dix-huit mois, avant que le virus ne barre le chemin des salles de classe aux enfants, l'effet de l'habitude avait comme dilué ce sens. La fermeture des écoles, à l'échelle de la France comme à celle du monde, a constitué un point de bascule historique. Dans cette situation incertaine s'est joué le choix entre une École vue comme notre institution fondamentale ou comme la variable d'ajustement de nos peurs. C'est pourquoi, dans ce livre comme dans la vie, je l'écrirai avec une majuscule en tant que référence centrale de notre vie collective.

L'acte d'éducation est l'acte le plus fondamental d'une société et d'une civilisation. Il y a un besoin de l'autre pour la réalisation de soi. Nous ne devons jamais l'oublier, car c'est la définition même de notre humanité. L'enfant naît avec beaucoup plus de faiblesses que la plupart des animaux, mais avec un atout incomparable : le potentiel dont il dispose pour se réaliser par les autres. Par ses parents, par son environnement, puis par la société et les institutions, au premier rang desquelles l'École.

Le fait que l'homme soit un animal social, comme l'écrit Aristote, signifie aussi qu'il est un animal d'éducation. Ce rôle crucial de l'apprentissage pour notre condition humaine implique celui, tout aussi vital, de l'École dans nos sociétés. Au cours du XIXe et du XXe siècle, l'École, partout dans le monde, a acquis cette reconnaissance en institutionnalisant des pratiques qui existaient depuis des siècles, en accueillant peu à peu tous les enfants, quels que soient leur sexe, leur statut social, leur origine, faisant ainsi du savoir et de sa transmission le « bien commun » par excellence. Transmettre de la connaissance crée de la richesse à l'infini.

Cette éducabilité de l'être humain est indissociable de l'idée de progrès, aussi est-elle au cœur du message fondamental des Lumières. L'amélioration du savoir éclaire le chemin de l'être humain, tant individuellement que collectivement. Toute notre « modernité » se trouve par là résumée. En premier lieu, la philosophie du droit naturel qui affirme qu'en naissant l'homme possède des droits universels imprescriptibles : liberté, égalité, ainsi que le droit de vivre en paix et en sécurité au sein de la société. En deuxième lieu, la philosophie du « contrat social », cette fiction théorique aux conséquences pratiques si salutaires, qui établit qu'à l'origine de toute société, un contrat est passé entre les individus pour assurer à chacun le maximum de liberté dans le respect de la liberté des autres et des règles de la vie commune. En troisième lieu, l'idée d'un progrès infini grâce à la raison. L'homme est naturellement doué de raison. Pour la développer, il doit s'instruire, notamment en maîtrisant la langue, car toute pensée demande nécessairement à pouvoir s'exprimer.

Je n'ignore pas que ces piliers de la modernité ont été considérés comme désuets par des courants de la philosophie contemporaine, relayant le doute profond de la civilisation sur elle-même après les errements tragiques du XXe siècle. Et ce relativisme intellectuel n'a pas manqué de déboucher sur des nihilismes politiques. C'est à cela que nous sommes confrontés aujourd'hui : comment renouer avec l'idée de progrès, avec « le principe espérance », en conscience des chemins qui conduisent à la liberté et en évitant ainsi ceux qui mènent à la mort de l'homme ? Comment aller vers plus de bien, de vrai et de beau dans les sociétés humaines ? Et comment permettre à chacun de cultiver son approche métaphysique de l'existence sans jamais écraser celle d'autrui ?

L'histoire humaine restera conditionnée par cette possibilité de chercher et d'apprendre. Mais le sort des évidences est trop souvent d'être oubliées, négligées.

Il me semble important de comprendre ce qui s'est cristallisé pendant cette période : ce que la crise a produit sur l'École et la société, comment l'École est demeurée une boussole, et à quelles conditions enfin l'École peut en sortir plus forte, plus assurée de son rôle et de sa mission.

Nous savons à présent que la France a été un des pays qui ont le plus maintenu les écoles ouvertes et même le premier parmi les pays de l'OCDE ayant une population supérieure à 15 millions d'habitants.

Cette décision politique, assumée par le Président de la République et sur laquelle je reviendrai, a été dictée par deux impératifs : le premier est qu'en toutes circonstances la priorité doit être donnée à la protection des enfants ; le second, que les enjeux de santé devaient être entendus au sens le plus large de ce terme, c'est-à-dire aussi bien physique que psychologique. L'un ne va pas sans l'autre. En maintenant les écoles ouvertes, le choix philosophique et pratique qui a été fait est celui de l'avenir de nos enfants.

Pourquoi, alors que la plupart de nos voisins et des pays comparables au nôtre assumaient des positions différentes, y a-t-il eu, à ce sujet, une singularité française ?

Les historiens y reviendront sans doute avec plus de recul, mais il me semble que cela tient en grande partie à la relation particulière que la France entretient avec son École. Cette relation est fondatrice de notre pays, de notre histoire, avant la République et avec elle. Avant la République parce que, du Moyen Âge à Victor Duruy, il est apparu évident à des générations d'hommes que la poursuite d'une *vie bonne* n'était possible qu'en permettant à chaque enfant de s'élever. Plusieurs courants de pensée, plusieurs institutions en ont d'ailleurs fait leur étendard. Les jésuites se distinguèrent particulièrement lorsque après leur voyage en Chine, au XVIIe siècle, ils ramenèrent en France des conceptions, aujourd'hui encore valides, en matière d'encadrement de l'activité pédagogique, ou encore de stimulation du travail par les examens et les concours. De cette époque date d'ailleurs un certain cousinage entre les méthodes mandarinales et les approches hexagonales. Avec la République ensuite bien sûr puisque, dès les débuts de la Révolution française, les philosophes portèrent leur intérêt sur la question scolaire, avec la figure notable de Condorcet qui théorisa l'avènement de la véritable démocratie par la généralisation de l'École pour tous les enfants. À ses yeux, et aux nôtres désormais, il ne peut y avoir de liberté réelle, d'égalité réelle et de fraternité réelle que par l'École. Ce qui ne s'appelait pas encore l'égalité des chances était déjà au cœur de la pensée politique moderne de la fin du XVIIIe siècle. La véritable révolution en la matière est accomplie par la IIIe République, lorsque les lois de Jules Ferry (1881-1882) instaurent l'instruction obligatoire pour tous. De ce moment fondateur naît une véritable alliance éducative entre la République et son École. L'École se met à jouer pour la République le rôle que l'Église jouait pour l'Ancien Régime : elle lui donne à la fois une visée et une colonne vertébrale sociale, politique et même spirituelle. Tous les progrès envisagés puis réalisés par la France à partir de ce moment le sont par les progrès de l'École. Les différents doutes qui ont pu émerger au sujet de l'École depuis les années 1970 ont sapé en partie cette alliance, sans pour autant la faire disparaître.

Ce doute a été corrélatif de fausses utopies autour de la disparition de l'École. D'un côté, le spontanéisme et l'individualisme ont été jusqu'à envisager la fin de l'École. C'est par exemple la pensée d'Ivan Illich dont le livre, *Une société sans école*, écrit en 1970, sera une référence pour toute une génération. De l'autre, c'est le cas aussi d'un courant que l'on peut qualifier de technologiste, et qui a cru possible la disparition des professeurs au profit de l'ordinateur, comme on le voit par exemple dans le livre d'Éric Bruillard publié en 1997, *Les machines à enseigner*.

À rebours de ces théories, la crise sanitaire nous a montré que, plus que jamais, nous avions besoin de l'École comme lieu physique, comme lieu de rassemblement des enfants, et même de tous, autour de l'enjeu de la transmission de savoirs et de valeurs.

Oui, l'enfant a besoin d'aller à l'École. Oui, l'enfant a besoin de la bienveillance et de l'autorité d'un maître ou d'une maîtresse. Oui, l'enfant a besoin de jouer avec des enfants de son âge. Oui, l'enfant a besoin de s'épanouir en découvrant que les autres sont différents et qu'il y a quelque chose de splendide à vivre avec cette différence. Au fond, nous étions nombreux à le savoir, mais trop nombreux aussi à l'oublier, parce que l'on s'habitue bien vite aux bonnes choses quand on les croit éternelles.

Si, en rendant possible l'enseignement à distance, les

ordinateurs ont été indispensables, chacun a vu qu'ils ne remplaçaient pas le travail du professeur. Les premières enquêtes internationales le montrent avec une certaine crudité. La mise en place d'un enseignement à distance dans les différents pays n'a pas remplacé l'École, et les confinements ont entraîné partout une baisse du niveau des élèves, notamment des plus fragiles. Le 26 avril 2021, l'Unesco estimait que 20 % des élèves de plus dans le monde n'avaient pas acquis en 2020 les compétences de base en lecture attendues pour leur âge en raison de la fermeture partielle des écoles liée à la pandémie, effaçant les progrès réalisés au cours des deux dernières décennies.

Dans cette crise sanitaire, il a pu y avoir une joie initiale de certains enfants d'échapper à l'École, mais la joie a été bien plus forte encore de la retrouver quelques semaines plus tard. Le confinement a permis à tous, professeurs, parents et écoliers, d'éprouver le grand vide que laissait la fermeture des écoles, qui n'ont alors jamais semblé aussi précieuses. Plus que jamais, le désir d'École est puissant et au cœur d'une nouvelle alliance éducative.

Par ce livre, je souhaite à la fois expliciter cet enjeu en racontant pourquoi et comment nous avons pu maintenir au maximum les écoles ouvertes. Je souhaite aussi montrer que cette École ouverte est une opportunité de réflexion et d'action sur ce que doit être l'École de demain. En effet, en raisonnant à l'échelle nationale comme internationale, il est évident que nos sociétés doivent investir massivement dans l'École pour compenser les difficultés créées par les différents confinements. Il est évident aussi que cet investissement doit se réaliser au service d'une École qui offre à chaque enfant ancrage et ouverture au monde, donnant ainsi un sens à la destinée de chacun et à la destinée humaine.

I

FERMER OU OUVRIR LES ÉCOLES ?

Jeudi 12 mars 2020 au matin. Je suis à Poitiers, au Cned, l'institution française bien connue de l'enseignement à distance, créée dès 1939 pour continuer à suivre la scolarité des élèves perturbée par la guerre. Je suis venu remercier les équipes à pied d'œuvre depuis plusieurs semaines et anticiper avec elles les besoins d'enseignement à distance pour les prochains mois. Le matin même, à la radio, j'ai rappelé que nous n'envisagions pas un confinement général, et je le répète aux journalistes à Poitiers. Quelque temps auparavant, j'avais demandé au Cned de se mettre en situation d'assurer la continuité pédagogique des élèves en cas de crises naturelles, tant l'ouragan Irma sur la Guadeloupe et Saint-Martin de septembre 2018 et l'épisode caniculaire de juin 2019 nous avaient alertés sur les besoins éducatifs en cas de catastrophe. Il était fondamental à mes yeux de disposer d'une École numérique disponible à tout moment et en toutes circonstances pour garder le lien entre les élèves et leur

École. C'est ainsi qu'est née « Ma classe à la maison », plateforme d'exercices, de cours et de visioconférences pour tous les niveaux. J'étais loin alors de penser qu'elle servirait à tous les élèves de France en même temps. Ce 12 mars 2020, l'épidémie est galopante dans certains territoires, les premières écoles sont déjà closes et je sais que nous aurons encore à en fermer dans des départements ou même des régions entières. Mais je n'imagine pas que le confinement sera général dans quelques jours, sur tout le territoire, et pendant près de deux mois.

Depuis le mois de janvier, nous sommes alertés sur les risques de propagation d'une épidémie née dans la région chinoise de Wuhan. Cette menace reste néanmoins imprécise pendant les premières semaines. À chaque conseil des ministres, Agnès Buzyn fait un point sur la situation sanitaire observée en Chine. Le gouvernement chinois décide de mettre sous cloche des villes, puis des régions. Des millions d'habitants sont tenus de rester chez eux, contrôlés par l'armée. La première décision que j'ai à prendre est d'ouvrir la plateforme « Ma classe à la maison » à tous les enfants de ressortissants français de ces régions chinoises.

Fin janvier, les choses s'accélèrent : le Premier ministre, Édouard Philippe, expose le plan du gouvernement pour lutter contre le coronavirus et décide de rapatrier les familles françaises confinées en Chine. Agnès Buzyn nous indique qu'il se répand beaucoup plus vite que le SRAS-COV, mais que sa mortalité semble cinq fois moindre, de l'ordre de 2 %. Seul élément un peu rassurant, elle précise qu'on ne dénombre que très peu d'enfants touchés.

L'épidémie met peu de temps à arriver en France. Le 8 février, de premiers cas apparaissent en Haute-Savoie qui nous conduisent à fermer trois établissements scolaires. Nous commençons à nous organiser en prévision de fermetures ciblées, qui tiennent compte de la localisation précise des cas détectés, en nous appuyant sur un référentiel élaboré par le ministère de la Santé quelques années plus tôt dans l'hypothèse d'une telle crise. À ce moment-là, la doctrine définit trois stades de réaction et en quelques jours nous franchissons les deux premiers. Le stade 1 a pour objet de freiner l'introduction du virus sur le territoire national. C'est dans ce cadre que des « quarantaines » préventives sont mises en place pour les personnes revenant d'une zone à risque, et l'objectif est de remonter les chaînes de contamination. Le stade 2, que la France déclenche le 28 février, correspond à l'identification de zones de circulation du virus sur le territoire national et à l'apparition de plusieurs foyers de contamination, nécessitant des fermetures d'écoles et d'établissements scolaires localisées.

Ce jour-là, Sonia Mabrouk me demande dans sa matinale si l'Éducation nationale est prête à des fermetures massives d'écoles. Je réponds que désormais « Ma classe à la maison » peut supporter 7 millions de connexions d'élèves, chiffre qui semble alors très au-dessus de ce qui est nécessaire. J'indique aussi que nous avons préparé un accompagnement pédagogique pour assurer un enseignement à distance pendant plusieurs semaines.

Une certaine anxiété commence à gagner le pays. Avec les premiers morts français, l'actualité médiatique délaisse tous les autres sujets pour ne plus se concentrer que sur le coronavirus. Alors qu'en à peine quelques jours douze foyers de contaminations sont détectés coup sur coup, la circulation du virus sur tout le territoire national et le passage au stade 3 semblent inéluctables. Le stade 3 prévoit la mobilisation complète des établissements hospitaliers, la fermeture des bars, des restaurants et des discothèques, mais il n'est pas question alors de confiner tout le pays. Le Premier ministre le dit très clairement à plusieurs reprises, et je partage évidemment ce point de vue, même si, comme tout le monde, je n'ai pas tous les éléments pour en juger.

Le 3 mars, nous sommes obligés de fermer l'ensemble des écoles et établissements dans l'Oise et le Haut-Rhin. La rectrice d'Amiens ainsi que celle de Strasbourg nous rendent compte au jour le jour de la nouvelle organisation d'un enseignement à distance qui se met alors en place. Je demande à l'ensemble des recteurs et rectrices de tirer les enseignements de cette expérience en les assurant qu'ils auront tous à vivre quelque chose de cet ordre.

Mercredi 11 mars, je suis en visite dans une école à Issy-les-Moulineaux avec Olivier Véran, nommé quelques jours plus tôt ministre de la Santé et des Solidarités, et Adrien Taquet, secrétaire d'État, pour nous assurer de l'application des gestes barrières dans les écoles. Une heure plus tard, en conseil des ministres, je présente aux membres du gouvernement nos dispositifs d'enseignement à distance qui concernent alors 350 000 élèves dans les départements touchés. La veille, j'avais participé à une visioconférence organisée par l'Unesco durant laquelle j'ai fait part de ma préoccupation : à la suite de l'Italie, la Grèce a fermé toutes ses écoles et l'approche italienne commence à gagner les esprits, en France comme dans le monde.

En me rendant au Cned, ce jeudi 12 mars au matin, je sais que les récentes évolutions de la situation sanitaire ne sont pas bonnes. Nous nous préparons à de nouvelles mesures pour contenir l'épidémie. Dans le train qui me ramène à Paris, je reçois un appel de mon directeur de cabinet. Il m'informe que le Président de la République envisage une intervention télévisée le soir même et qu'il est décidé à prendre des mesures drastiques. Je joins le Président immédiatement, comme nous en avons l'habitude lui et moi par messagerie Telegram, pour lui demander ce qu'il a à l'esprit. Il m'indique qu'il a réuni un nouveau Conseil scientifique dont les prévisions, extrêmement pessimistes, exigent des mesures de confinement général. Le virage est justifié par l'avis unanime des scientifiques français et européens. Je pense tout de suite à ce que cela signifie concrètement pour les élèves de notre pays. Je mesure tous les risques pour eux, en particulier pour les élèves des territoires les plus pauvres, les élèves handicapés. Nous sommes en mars, au moment où les élèves de CP commencent à consolider leurs apprentissages en lecture, et où les futurs bacheliers entament leurs révisions de fin d'année. Mes pensées vont aussi à tous ces enfants qui habitent dans des logements exigus, qui vivent des situations familiales compliquées, car le signalement de ces difficultés se fait à l'École. Je m'inquiète pour eux, comme d'ailleurs pour tous les enfants de France. Je suis trop habité par la question de l'École pour ne pas être sidéré par cette situation historique inédite et brutale.

De retour à Paris, je rassemble mes équipes pour nous préparer à l'annonce que fera le Président quelques heures plus tard. Une véritable organisation commando du ministère de l'Éducation nationale se met en place. À partir de la semaine suivante, nous ne serons plus qu'une poignée à travailler physiquement rue de Grenelle et il en sera de même dans chaque rectorat de France. Partout, nous devons faire un travail de définition des procédures, de maillage, une cartographie de chaque cas de figure. Heureusement, le travail des semaines précédentes sur l'enseignement à distance nous a préparés. Je regarde le Président s'exprimer pour la première fois sur la crise sanitaire à la télévision, et comme tous les Français je suis frappé par ses mots, et ressens le poids de ce moment historique : « *Cette épidémie qui affecte tous les continents et frappe tous les pays européens est la plus grave crise sanitaire qu'ait connue la France depuis un siècle.* »

Sitôt l'intervention terminée, je me rends à l'Élysée

pour échanger avec le Président. Je suis traversé par des pensées multiples. J'entre dans son bureau, où se trouvent déjà Alexis Kohler et Brigitte Macron. L'ambiance est familiale, un peu irréelle. Le Président m'explique pourquoi nous ne pouvions faire autrement. Je ne discute pas le bien-fondé de cette décision, je ne dispose pas de tous les éléments, comme je pense d'ailleurs que personne n'en dispose alors. Les choix les plus difficiles sont toujours ceux que l'on prend là où il y a le plus d'inconnues, et je mesure combien ce choix du confinement constitue un cas extrême pour lequel il a tout pesé. Je lui explique la manière dont j'envisage l'organisation pour les temps qui viennent, et déjà j'indique que mon but sera d'accompagner le déconfinement que j'espère très prochain. Il me raccompagne sur le perron de l'Élysée. Il fait nuit depuis longtemps. Il plonge ses yeux dans les miens comme il le fait à chaque fois qu'il veut absolument convaincre. Et nous nous quittons comme un officier quitte le chef de l'armée qu'il sert, graves et résolus à faire face.

*

Faire face : c'est bien le défi que nous avons collectivement à ce moment-là, non seulement avec mon équipe rapprochée, mais aussi avec mon équipe au sens large, l'ensemble des membres de l'Éducation nationale, plus d'un million d'hommes et de femmes plongés dans une situation totalement inédite. Notre devoir s'impose à nous : nous devons garantir une continuité pédagogique à toutes les familles et garder pleinement actif le service public d'Éducation. C'est une obsession pour moi : garder la maison debout, car toute institution risque l'éparpillement dans de telles circonstances. Je devine combien il nous faudra chaque jour nous dépasser face à l'inconnu et à l'imprévisible.

Le lendemain, vendredi, dernier jour de classe avant la fermeture, est un jour très particulier dans toutes les écoles, et tous les collèges et lycées de France. Certains élèves sont euphoriques à l'annonce de ces vacances inopinées, avec cette pointe d'excitation qui peut saisir les enfants quand l'organisation bien rodée du monde se dérègle. Les professeurs et les personnels ont, quant à eux, une journée pour gravir un Everest. Ils doivent en quelques heures prendre toutes les dispositions nécessaires, rassurer les familles, mettre en place la distribution du matériel, préparer le travail des élèves, organiser le fonctionnement des équipes, car tout cela se fera bientôt à distance. Comme dans toute crise, on distingue déjà plusieurs façons d'agir et d'affronter ce qui survient. Il y a ceux qui ont peur, et c'est bien normal. Il y a ceux qui ont du mal à accepter l'inattendu. Il y a ceux qui se prennent en main, qui innovent au nom de la conception qu'ils se font de leur mission.

Je me suis souvent demandé, depuis de nombreuses années, comment réagirait notre pays en cas de guerre. Y aurait-il, de la part de toutes les générations, le même sens civique qu'à d'autres moments de notre histoire ? Ou au contraire, y aurait-il une somme trop importante de lâchetés et de vilenies conduisant au chaos, à la défaite, à la division ? Ce vendredi 13 mars est l'occasion de voir que la première tendance est la plus forte, mais que la seconde est bien vivace, et que leur coexistence n'est jamais qu'accentuée par la crise. Dans la maison Éducation nationale, le sens du service public, contrairement à ce que certains clichés entretiennent, est puissant et rassemble l'immense majorité des acteurs. Ce sont eux sur lesquels nous allons pouvoir compter pour accomplir au cours des semaines suivantes deux défis majeurs : la généralisation à 13 millions d'élèves de l'enseignement à distance et l'accueil chaque jour, du lundi au dimanche, de près de 30 000 enfants des personnels soignants. En trois jours, ce double défi a été relevé. Il y aura mille imperfections et bien des insuffisances. Et non moins de voix pour les dénoncer. Mais j'aurai toujours à cœur de souligner d'abord la somme inouïe de travail accompli par les uns et les autres.

Ce vendredi 13 mars, j'affirme devant l'opinion publique que nous sommes prêts. Que signifie une telle expression ? Évidemment pas que tout est prévu jusqu'au moindre bouton de guêtre, mais que les dispositifs techniques sont en place même s'ils ne sont pas parfaits. Les premiers confinements locaux ont été de bons tests de notre capacité à déclencher l'enseignement à distance et à travailler dans des circonstances exceptionnelles. En second lieu, j'indique par cette formule que j'ai une grande confiance dans notre maison Éducation nationale et dans ses acteurs. Cette confiance me permet de penser que chacun saura trouver des réponses adéquates avec l'appui de l'institution. Gérer une crise, c'est cela. Non pas la résolution pure et parfaite de chaque sujet par un pouvoir omniscient qui aurait une capacité magique d'anticipation et d'intervention, mais la diffusion d'un état d'esprit de responsabilité et le déploiement des moyens techniques au service d'une vision tous les jours actualisée. Les objectifs doivent être clairs et les ajustements, permanents.

Avec une célérité exceptionnelle, les personnels du ministère se mobilisent en quelques heures : les recteurs, les corps d'inspection, les personnels de direction, les professeurs qui transportent l'École hors les murs, à distance. Beaucoup d'entre eux se portent volontaires pour accueillir les enfants des personnels soignants. Sans eux, sans ces milliers de professeurs, de directeurs d'école, de personnels des collectivités qui se rendent chaque jour dans leur établissement pour prendre en charge ces enfants, notre hôpital n'aurait pu accomplir sa mission.

Je regarde alors les situations particulières, toutes les histoires humaines aussi qui illustrent les trésors de dévouement de toute une profession. C'est cette directrice d'école de l'Orne qui sillonne la campagne pour apporter des leçons et des devoirs photocopiés aux familles. C'est sa collègue de Seine-Saint-Denis qui fait du porte-à-porte dans les cités même quand les ascenseurs sont en panne pour garder le contact avec des élèves déconnectés de tout. C'est cette agente d'un service informatique qui vient au rectorat tous les jours, même le dimanche, alors qu'elle habite à des kilomètres et n'a pas de voiture, afin d'assurer le service de base dont tout le monde a besoin. Les exemples sont innombrables. Je m'efforce alors d'être le plus en contact possible avec tous les personnels au travers de mes relais naturels qui sont les recteurs et les inspecteurs d'académie. Mais aussi en envoyant des messages. J'ai enregistré presque tous les jours des vidéos, pour différentes catégories de personnes, pour donner les dernières consignes, pour encourager, pour coordonner.

Les écoles ouvertes aux enfants de personnels soignants concentrent une partie importante de mon attention. Par définition, les élèves concernés font partie d'un milieu plus exposé à la contamination. En l'absence d'information précise sur les risques de contagiosité chez les plus jeunes, la possibilité de foyers dans les écoles qui les accueillent est donc loin d'être exclue. Nous sommes alors à une époque où le port du masque n'est pas systématisé, et où nous déployons pour la première fois quelques nouvelles règles sur les gestes barrières, l'espacement des tables, la désinfection du matériel, l'aération des locaux. Une forme de prudence et d'hygiène au quotidien fonde cette nouvelle approche. Les chiffres de contamination dans ce milieu ne montrent toutefois rien d'inquiétant, et on ne dénombre que peu voire pas de malades, tant du côté des adultes que du côté des enfants. Cette constatation sera le premier socle de ma conviction que l'ouverture des écoles est possible pendant l'épidémie. Fermer les écoles ne peut être qu'une mesure extrême lors d'un pic alarmant de contaminations. Il faut bien peser ce qu'un acte aussi lourd représente comme inconvénients dans la balance des décisions à prendre.

Sur un plateau, les enjeux épidémiologiques. Sur l'autre, notre vie collective et les valeurs sur lesquelles elle repose. Je vois beaucoup d'acteurs et de commentateurs tenir pour bien peu de poids la fermeture des écoles. C'est comme si certains avaient non seulement oublié l'importance de l'éducation, mais aussi celle de la liberté. La crise que nous traversons révèle le lien intime qui unit l'une à l'autre. Une société qui tient pour peu de choses ses libertés et son éducation peut voir l'une et l'autre disparaître ou s'affaisser dans un même fracas ou dans un même silence. Cette crise nous oblige ainsi à une profonde méditation sur la liberté dans le monde moderne. Parce qu'elle était sanitaire, elle a donné un pouvoir exorbitant aux scientifiques et aux médecins ; si elle avait été d'une autre nature, elle aurait donné des pouvoirs considérables à un autre corps de spécialistes. Il ne s'agit pas d'incriminer des individus, mais de prendre la mesure de logiques profondes. Il nous faut avoir une vision beaucoup plus ample des théories classiques de la séparation des pouvoirs. On avait l'habitude de considérer la séparation des pouvoirs comme un enjeu à l'intérieur du pouvoir politique entre l'exécutif, le législatif et le judiciaire. On avait l'habitude de considérer certains pouvoirs, comme le pouvoir médiatique, en tant que contre-pouvoirs face au seul pouvoir politique. Force est de constater que nous devons penser aussi, désormais, le pouvoir politique lui-même comme un contre-pouvoir fondamental face à toutes les puissances qui se développent dans la société mondialisée : les médias globaux et l'information en continu, les réseaux sociaux, le pouvoir des experts, le pouvoir technologique, les multinationales des secteurs vitaux de la vie collective, et tous les « soft powers », parfois proto-étatiques, parfois purement privés, qui visent la mainmise sur le comportement des citoyens et sa manipulation.

Là où, autrefois, l'information libre apparaissait comme une garantie essentielle face au pouvoir politique, des crises comme celle-ci révèlent que l'inverse est également vrai. Car il ne s'agit pas seulement d'une crise de la liberté, mais aussi d'une crise de la vérité. À partir du moment où les scientifiques tâtonnent et s'expriment sans mesure, une boîte de Pandore est ouverte : celle de l'égale valeur de tous les discours ou même pire, la valeur supérieure de celui qui parle le plus fort. En tant que membre du gouvernement, on doit rappeler sans arrêt certains faits et on est fréquemment accusé de mensonge par ceux-là mêmes qui en répandent. La nuance semble interdite. Elle est vue comme un signe de faiblesse, ou même exploitée pour faire dire autre chose que ce que l'on a dit.

Le premier confinement n'a pas calmé les réseaux sociaux, il les a enflammés. Et la tonalité de haine s'est étendue aux sphères médiatiques et politiques. Être démocrate dans ces moments, que l'on soit gouvernant ou simple citoyen, c'est essayer de s'en tenir toujours à la sincérité et à l'équilibre. Cela peut paraître vain au début, mais la vérité a pour elle le temps long quand le mensonge s'épuise rapidement.

On a parfois dit que cette crise légitimait les pouvoirs autoritaires, supposés être plus efficaces et plus prompts à réagir que les instances démocratiques, ralenties par leurs procédures et leurs débats. Je ne crois pas que ce soit la bonne leçon à en tirer. Ce que la crise a démontré, c'est qu'il fallait un équilibre bien conçu entre la décision locale et la décision centrale, légitimant ainsi le principe de subsidiarité, normalement constitutif de l'espace européen. La France s'est trouvée tantôt désavantagée, tantôt avantagée par les caractéristiques de son appareil d'État. En effet, de nombreux pays ont eu à reconcentrer les pouvoirs pour donner plus de cohérence à la prise de décision et à son exécution. Dans cette crise, la relative centralisation accompagnée de déconcentration du système éducatif français aura été un atout. C'est parce que je pouvais prendre des décisions valables pour l'ensemble du pays, elles-mêmes mises en œuvre par les recteurs investis de l'autorité de l'État, que nous avons pu organiser le déconfinement puis maintenir les écoles ouvertes. En Allemagne ou en Italie, l'hétérogénéité des décisions éducatives a créé du désordre et des inégalités. Du fait de son organisation en Länder, l'Allemagne a fermé ses écoles en ordre dispersé et, bien qu'il n'existe pas de données consolidées à l'échelle nationale, les associations de parents d'élèves bavaroises indiquaient par exemple en juillet 2020 que 20 % des élèves n'avaient pratiquement pas bénéficié de l'enseignement à distance depuis le mois de mars. L'Italie, quant à elle, plus précocement frappée par l'épidémie, a battu le record européen de jours de fermeture des écoles, avec de grandes disparités entre régions[1], conduisant élèves et parents à occuper les écoles en signe de contestation. Cette crise a placé les gouvernements européens dans des situations paradoxales. En mai, lorsque je me heurtais à de fortes protestations contre la réouverture des écoles, je voyais symétriquement des manifestations en Italie pour réclamer une telle réouverture !

Ce travail de veille et de dialogue constant avec les autres pays européens fut d'ailleurs une de mes grandes préoccupations pendant toute la durée de la crise. Dès les premiers jours de confinement, nous créerons une boucle WhatsApp avec les autres ministres européens de l'Éducation pour voir ce que chacun envisage pour ses écoles et partager les bonnes pratiques. Nous communiquerons aussi par visioconférences, et cela s'avérera bien utile, surtout au début. Je proposerai aussi des formules de ce type dans le cadre de l'Unesco et de la francophonie. C'est ainsi que nous partagerons avec nos amis africains des

1. En Lombardie, les élèves ne sont ainsi quasiment pas revenus en classe entre mars 2020 et juin 2021.

ressources en ligne et une adaptation de « Ma classe à la maison » utilisable pour tout pays francophone qui le souhaite, pour les articuler avec nos propres ressources et les rendre accessibles de n'importe quel téléphone portable.

L'analyse de cette crise est aussi et surtout à relier à la conception défendue par Montesquieu de la vertu des gouvernants. Tout détenteur d'une autorité est tenté d'en abuser s'il n'est pas arrêté par un contre-pouvoir. En temps de crise, l'axiome prend une coloration nouvelle, car il faut décider sans abuser : il faut décider avec sagesse alors même que toutes les voies sont ouvertes pour utiliser à plein un pouvoir d'exception. À mes yeux, c'est ce que le Président de la République a réussi à faire en reconnaissant la légitimité des scientifiques dans leurs champs de compétences tout en sachant se démarquer chaque fois que nécessaire du pouvoir sanitaire et médical. Bien sûr, tout n'a pas été parfait en la matière. Je me souviens de ces réunions techniques, en amont ou pendant les conseils de défense, où nous avions à statuer sur des sujets de la vie quotidienne, établissant après de longues discussions des indications sur la distance entre les individus, sur les règles de la vie de tous les jours, tout ce qui relevait bien souvent de nos comportements les plus intimes. Une telle édiction de normes est vertigineuse, et n'est acceptable que parce qu'elle est temporaire. Le caractère exceptionnel doit toujours être rappelé car, autrement, le risque est grand d'oublier les droits naturels de l'homme, c'est-à-dire ceux qui préexistent au pouvoir politique. On ne doit en aucun cas habituer les esprits à la relativisation de la liberté. Il nous faut renforcer plus que jamais ces droits naturels, recouverts un temps par toutes les mesures d'urgence et les dispositifs techniques, car il y va d'une conception de l'homme et de la liberté.

Une situation exceptionnelle comme celle-ci rend plus utile que jamais l'approche par la philosophie politique. C'est toujours une grave erreur de considérer le ciel des idées comme séparé des sujets terre à terre du quotidien. Les idées servent à être cohérent et pertinent. En l'occurrence, la crise sanitaire permet de réfléchir en des termes renouvelés au contrat social et à l'optimum de libertés dans une société donnée. Ces questions se posent de toutes les façons « hors Covid » si l'on songe par exemple aux nouveaux outils de contrôle social tels qu'ils se développent en Chine. Certaines perspectives effrayantes de notre civilisation ultra-technologique, tant au service de l'État que de puissances privées (telles les parties prenantes de l'affaire « Pegasus »), peuvent être ainsi pensées et contrecarrées par la réflexion que nous impose la réalité épidémique.

S'agissant du contrat social, on sait que les approches sont multiples et riches, de Jean-Jacques Rousseau à John Rawls. Mais, classiquement, on distingue deux approches. La première, rousseauiste, veut que l'homme aurait accepté, par le contrat social, de laisser la totalité de ses libertés de l'état de nature dans l'espace commun pour les retrouver en tant que libertés de citoyen. Cela peut justifier une puissance sans limite de l'État dès lors qu'il garantit l'intérêt général. Raison pour laquelle une certaine lecture de Rousseau a pu mener au totalitarisme, notamment le communisme. La seconde, portée par John Locke, établit que l'homme donne une partie de ses libertés dans le « pot commun », au travers du contrat social. Mais il garde, de façon inaliénable, des libertés fondamentales qui sont comme le socle naturel de toute existence dont la légitimité précède et dépasse celle de l'État. Cette théorie est protectrice des libertés. Et c'est celle qui est le support de la Déclaration des droits de l'homme et du citoyen du 26 août 1789. Distinguer l'homme et le citoyen, c'est justement établir deux niveaux, deux natures de libertés. Cette vision nous protège face à toute tentation totalitaire. Mais il est exact que la crise sanitaire vient questionner les libertés les plus fondamentales, notamment la liberté d'aller et venir dans le cas du confinement. On doit avoir recours à une théorie des circonstances exceptionnelles, et donc à un passage momentané d'un contrat social lockien à un contrat social rousseauiste. Il est vital que ce changement provisoire soit considéré comme « l'exception qui confirme la règle ». Et donc que non seulement il n'est pas un changement définitif, mais qu'il donne plus de poids encore à l'état initial auquel on doit revenir dans les délais les plus brefs. La question du vaccin vient elle aussi s'intégrer dans cet enjeu de réflexion théorique et pratique sur le contrat social. Il s'agit bien d'une contrainte, importante, que les individus acccepteraient pour créer un cadre à l'intérieur duquel les libertés se trouveraient protégées grâce à l'existence de ce cadre. Nous ne sommes pas seulement en présence d'un rapport avantages-inconvénients mais, comme ce fut le cas tout au long de cette crise, de la recherche d'un optimum de libertés et de droits commun à l'ensemble des individus. On retrouve ici un des postulats de Rawls : « *Chaque personne doit avoir un droit égal au système total le plus étendu des libertés de base égales pour tous, compatibles avec un même système de libertés pour tous*[1]. »

Dans cette optique, le gouvernement doit d'abord considérer l'ensemble des droits, dont le droit à la santé, selon une vision qui aboutit aux restrictions les plus faibles possible. Le choix n'est pas celui, binaire, qui consisterait à privilégier de manière absolue un droit contre tous les autres, mais complexe et gradué pour positionner le curseur provisoire de limitation de la liberté au bon endroit et pour la bonne durée.

Dans le champ de la santé, une vision de santé publique a conduit à raisonner ainsi tandis que la vision strictement épidémiologique a tendu vers une approche plus binaire. Dans le champ politique, l'approche par la recherche de l'optimum a abouti à une adaptation permanente des mesures et des protocoles pour faire varier l'abscisse des droits en fonction de l'ordonnée de la situation sanitaire.

Soit la limitation des libertés crée une accoutumance et cette crise aura, à l'échelle mondiale, affaibli les valeurs

1. John Rawls, *Théorie de la justice*, Le Seuil, trad. C. Audard, 1987, p. 287.

démocratiques. Soit cette limitation fera percevoir le caractère fondamental de la liberté et, alors, le régime d'exception que nous aurons vécu nous aura créé les anticorps politiques contre des menaces aux libertés publiques qui existent de toutes les façons bel et bien dans le monde moderne. Ou, mieux encore, la démocratie aura montré sa supériorité, en ayant prévu par son fonctionnement même la possibilité d'assouplissements qui garantissent sa pérennité mais aussi un retour des principes fondamentaux. Le contraire serait redoutable. Nous avons, à l'échelle de la France comme à l'échelle du monde, à redoubler d'attention pour la liberté. En aucun cas il ne faudrait considérer pour acquis le contrôle social sur les vies individuelles. De cette crise sanitaire, la liberté sortira diminuée ou grandie, mais elle aura indéniablement acquis un statut nouveau dans le monde qui succédera au Covid.

*

Durant ce premier confinement, nous devons nous adapter en permanence aux nouveaux défis qui surgissent chaque jour. Tous nos repères sont bouleversés. Avec les recteurs, à qui je parle tous les jours en visioconférence, nous abordons des questions très concrètes pour que l'École garde un contact quotidien avec tous les élèves. Les visioconférences ont lieu dans la salle sécurisée de la rue de Grenelle, que l'on appelle « war room », terme qui devient alors, après les mots du Président de la République, étonnamment approprié. La chaîne de commandement est réduite à sa plus simple expression, ce qui va s'avérer très efficace. Sitôt la visioconférence avec les recteurs terminée, ils préviennent les inspecteurs d'académie qui contactent immédiatement les chefs d'établissement et les inspecteurs de l'Éducation nationale, qui à leur tour contactent directeurs d'école et professeurs. En quatre niveaux, on peut ainsi atteindre les 13 millions d'élèves de France et c'est bien cela, l'objectif : toutes les familles doivent être appelées et les plus éloignées de l'École être suivies autant que possible. La mission est rude pour les acteurs de terrain, car le lien n'est pas toujours facile à établir. En l'absence de connexion internet, il est indispensable d'organiser un dépôt de devoirs en mairie ou devant l'école. J'encourage cette possibilité de communication avec les familles et me vois immédiatement accusé par les procureurs à la petite semaine que l'époque voit fleurir de « mettre en danger la vie d'autrui ». De réunion en réunion avec les recteurs, nous trouvons ensemble des solutions pédagogiques et logistiques pour chacun des élèves de métropole et d'outre-mer.

Il nous faut équiper en ordinateurs le plus de familles possible. Nous mobilisons les réseaux associatifs et nous faisons appel aux dons en nature des collectivités locales et des entreprises. Ces acheminements ne vont parfois pas assez vite, et les réapprovisionnements ne suivent pas toujours. Il apparaît aussi très rapidement que l'ordinateur ne peut répondre aux besoins des plus petits, et reste inutile pour toutes les familles qui ne bénéficient pas d'une couverture internet suffisante.

Dès le départ, nous cherchons des solutions à tous les cas possibles : fracture numérique, zones blanches, handicaps et, cas le plus fréquent, impossibilité pour les parents d'accompagner leurs enfants dans les apprentissages. Nous devons faire flèche de tout bois pour que l'École pénètre chaque foyer et transforme chaque salon en petite salle de classe personnalisée. Pour cela, tout le monde doit donner de soi et faire bloc. Aucune solution ne peut être écartée et tous les outils à notre disposition doivent être utilisés.

Il me semble alors indispensable d'utiliser la télévision pour atteindre tous les foyers. Mercredi 18 mars, je demande à mes conseillers de joindre France Télévisions. Delphine Ernotte et Takis Candilis, qui est alors directeur des antennes, ainsi qu'Amel Cogard, qui chapeaute l'Unité éducation, répondent favorablement à cette idée de produire des cours diffusés sur France 4. Sur un coin de table, ensemble, nous griffonnons en une après-midi une grille quotidienne de programmes, qui va du CP à la terminale. L'inspection générale de l'Éducation nationale se mobilise, identifie dès le lendemain des professeurs volontaires et expérimentés qui acceptent d'aller enregistrer au pied levé des cours dans les studios de France Télévisions, à la Plaine Saint-Denis, alors même que le confinement est absolu et que nous sommes au plus fort de la crise. Ces professeurs, qui n'avaient jamais fait de télévision auparavant, passent deux jours et deux nuits à concevoir leurs cours, accompagnés des inspecteurs. Je sais qu'ils sont pleins d'anxiété, doutant de leurs capacités à parler seuls face à une caméra sur un fond vert, craignant aussi d'être jugés par leurs pairs, de décevoir leurs élèves. C'est un métier que de s'exprimer devant la caméra, d'autant que les équipes techniques sont réduites à leur plus simple expression. Sur le plateau, chacun se maquille. « Je vais imaginer que je suis devant mes élèves… » énonce une professeure des écoles. Dès que la caméra se met à tourner, un silence religieux se fait sur le plateau. Les équipes de production observent ce spectacle inhabituel. Chacun écoute, captivé par le talent des deux professeures de CP qui font la leçon de lecture du jour et qui, en quelques minutes, perdent toute appréhension, toute hésitation dans la voix. À la fin de l'enregistrement, tout le monde est très ému. Voir ces professeurs donner tant avec talent, humilité et engagement m'émeut moi aussi. Quand je les regarde, j'ai l'impression de voir le meilleur de nous-mêmes, d'un pays qui a tellement à transmettre et à réaliser. Elles sont le sel de la terre, ces femmes que je recevrai quelque temps plus tard pour les remercier et mieux les connaître. Elles sont la force et l'espoir. Elles incarnent ce que les Français voient trop peu et que j'ai la chance d'observer quand je visite les écoles en temps ordinaire : le dévouement au service de la plus belle des missions. Je les aime, mais ce serait incongru de le dire si directement.

Trois jours plus tard, les premiers cours Lumni sont diffusés à la télévision, suivis par 800 000 téléspectateurs. Au total, ce sont 900 cours qui seront enregistrés en quelques semaines avec un succès d'audience considérable pour France 4. C'est d'ailleurs ce qui sauvera la chaîne de sa fermeture programmée.

Les périodes de crise sont éprouvantes ; elles sont aussi des moments exaltants où les mille prétextes habituels opposés au moindre projet tombent. Parce que tout le monde s'unit autour du même objectif, ce qui en temps ordinaire aurait pris plusieurs mois devient possible en une semaine. Et cet esprit du printemps 2020, nous ne devons jamais l'oublier car il a permis à l'École d'être à la hauteur de sa mission.

Nous avons alors l'idée de mobiliser l'ensemble des chaînes de l'audiovisuel et de la presse écrite pour participer à cette École à la maison. J'ai l'idée d'appeler cette mobilisation « Nation apprenante », voulant témoigner par là de l'unité de toute la société autour de son École. Je convaincs bientôt Sibyle Veil et Sandrine Treiner, pour Radio France et France Culture, Véronique Cayla et Régine Hatchondo, pour Arte, de bouleverser leur programmation pour la mettre au service de la continuité éducative. Les trois grandes institutions de l'audiovisuel public, France Télévisions, Radio France et Arte, diffusent des émissions labellisées « Nation apprenante ». Grâce à un logo créé pour l'occasion, les familles peuvent facilement identifier quand une émission est susceptible de constituer un complément aux programmes de l'Éducation nationale. Bientôt, d'autres chaînes et stations publiques, comme LCP, Public Sénat, RFI et France 24, et des chaînes et stations privées comme TF1 ou Radio Classique, rejoignent cette opération, déployée ensuite dans la presse écrite et notamment la presse quotidienne régionale. J'éprouve un certain bonheur à découvrir de nouveaux exercices de mathématiques dans *Paris-Normandie* ou des poèmes écrits par des élèves dans *L'Est Républicain*. Dans mon esprit, « Nation apprenante » doit perdurer au-delà de la crise car elle fait partie de ses fruits positifs. J'y vois en effet un moyen de renforcer la dimension éducative des médias et ainsi d'en faire profiter l'ensemble de la population. Tout cela s'ajoute au site Lumni de l'audiovisuel public que nous avions conçu avant la crise avec les ministres de la Culture Françoise Nyssen puis Franck Riester pour mettre à disposition des élèves des ressources sans cesse enrichies.

Évidemment, ni les écrans ni les ondes radiophoniques ne sont la panacée pour faire cours à distance, enseignement qui nécessite une relation personnalisée avec chaque élève. Notre attention se porte sur les élèves des zones rurales qui, pour certains, ne sont joignables que par téléphone ou par courrier. En zone urbaine aussi, les familles sont nombreuses à n'avoir aucune connexion. Le 10 avril 2020, nous mettons en place avec La Poste un système d'envoi gratuit de devoirs sur papier aux familles en automatisant l'impression et le postage de documents à partir de l'ordinateur du professeur. Entre avril et juillet, 41 000 élèves à partir du CP bénéficieront de ce dispositif.

Pendant toute cette période d'itération, d'innovation,

de formalisation, nous travaillons avec l'ensemble des rectorats, du lundi au dimanche. Les visioconférences sont quotidiennes, l'ambiance est celle, fraternelle et tendue, des combats dans la nuit. Mon directeur de cabinet et son adjoint passent 15 heures par jour au téléphone, avec l'administration, les services académiques, les autorités de santé, les élus, l'Élysée, Matignon. Mon chef de cabinet doit continuer de faire tourner la boutique, avec un bureau du cabinet intégralement en télétravail, confronté entre autres à l'explosion du nombre de courriers de particuliers, qui passe subitement d'une centaine reçue par jour à près de cinq cents. Nous mangeons midi et soir des sandwichs achetés à la boulangerie d'à côté. Mes secrétaires que j'aime tant sont au four et au moulin. L'une d'elles prépare de gigantesques blanquettes de veau que nous partageons dans le bureau avec les membres du cabinet présents en respectant les gestes barrières. Presque chaque jour, j'apprends une mauvaise nouvelle de santé d'un collaborateur proche. Plusieurs recteurs, rectrices, inspecteurs d'académie et nombre de leurs équipes rapprochées sont touchés par l'épidémie. Parfois, nous avons l'impression d'être décimés comme dans une guerre. L'équipe se réduit au fil du temps, avec des conseillers touchés par le virus ou qui deviennent cas contacts. Le pic est atteint quand mon directeur de cabinet est malade à son tour. Quand j'annonce cela aux recteurs en visioconférence, je vois des grimaces d'inquiétude sur plusieurs visages, le piton de commandement commençant à se réduire à sa plus simple expression.

Chaque jour, sans pouvoir quitter nos bureaux, dans un Paris aux rues désertes, il faut prendre le pouls de ces 13 millions d'enfants qui sont en lien de manière plus ou moins réussie avec leurs professeurs.

Progressivement, nous réussissons à pallier autant que possible les différents manques. Un débat naît rapidement autour des élèves décrocheurs, que j'estime entre 5 et 8 % à la lumière de certaines remontées de plusieurs académies de France. Ce décrochage, qui est un décrochage numérique, vaut pour l'ensemble des niveaux.

Nous pouvons compter sur le dévouement des professeurs qui inventent des pratiques remarquables sur le terrain et ne comptent pas leur temps pour prendre des nouvelles de leurs élèves, en les appelant, en leur envoyant des courriels ou des messages quand ils ne répondent plus pendant plusieurs jours. Il faut aussi beaucoup rassurer les élèves, gérer leurs émotions, trouver les mots parfois pour ceux confrontés à la maladie ou à la perte d'un proche. Un professeur de l'enseignement secondaire s'occupe la plupart du temps de plus d'une centaine d'élèves, voire bien davantage, et ce travail, pour maintenir le lien, répondre à toutes les sollicitations, est considérable.

Au travail des professeurs vient s'ajouter celui de tous les personnels du ministère. Je pense à tous les corps de métier, conseillers principaux d'éducation, psychologues, assistants sociaux, médecins, infirmiers. Ces hommes et ces femmes s'inquiètent de la santé d'un élève, des violences familiales qu'ils devinent, alertent les services sociaux et prennent toutes sortes d'initiatives pour les enfants. Pendant ce temps, des familles entières ressentent la dureté de cette période et les imperfections de nos dispositifs. L'impossibilité de travailler tout en assurant l'accès à l'ordinateur des enfants et le suivi de leur travail ; la communication difficile avec l'établissement et tel ou tel professeur ; les problèmes techniques de connexion. La situation est rude pour beaucoup, mais je constate chaque jour l'engagement de chacun pour trouver des solutions, venir en aide aux plus fragiles et répondre aux situations de détresse en usant de tous les moyens possibles.

C'est la France dans ce qu'elle a de plus beau qui se révèle dans ces moments-là, une France faite de générosité, d'abnégation, de sens du service public, et d'attention à autrui. Bien sûr, les journaux sont remplis d'exemples inverses. Des professeurs aux abonnés absents, des familles sans équipement ou à qui nous n'en avons pas encore fourni, des difficultés de tous ordres qui sont en effet nombreuses. Mais je m'étonne du faible nombre de récits évoquant l'héroïsme de nos professeurs. Un peu comme si, pendant une guerre, on ne parlait que des pertes, pourtant inévitables, et jamais des victoires. Cette logique, qui vaut en temps de paix pour une démocratie tonique comme la nôtre, me semble décalée dans une période exceptionnelle. Chaque polémique inutile, chaque travestissement des faits nuit à la réussite de l'action. J'ai toujours demandé, à la suite de la formule de Jean Zay, de laisser les querelles des adultes à la porte des écoles. Je constate qu'il n'y aura eu qu'un vague état de grâce dans la seconde quinzaine du mois de mars. La conflictualité a redoublé dès le mois d'avril. Ainsi, lorsque dans une interview donnée au *Parisien* le 22 mars, je déclare très souhaitable un déconfinement au début du mois de mai, la polémique enfle rapidement. Certains m'accusent soit d'être un irresponsable, parce qu'ils trouvent cette perspective trop dangereuse, soit d'être un faux prophète, parce qu'ils pensent que je parle en l'air et que l'avenir me donnera tort. En réalité, nous ouvrirons bien début mai, contre vents et marées. Et tous les rhéteurs qui courent les vaines querelles oublieront très vite ce qu'ils disaient pour repartir vers d'autres querelles non moins vaines et hélas tout aussi virulentes. Combien de fois ai-je eu ainsi le sentiment que le fait d'avoir tort m'aurait voué au pilori, tandis que le fait d'avoir raison m'ouvrait juste le droit à la polémique suivante ?

Il faut bien dire qu'en ce mois d'avril, les professionnels du tohu-bohu se sentent comme au chamboule-tout, à une foire du trône où tous les tours seraient gratuits. La crise est vue non pas comme un temps de nécessaire unité, mais comme une opportunité pour affaiblir le pouvoir. Chaque faille doit être exploitée. Et des failles, bien sûr, nous en avons tous, *a fortiori* quand nous devons agir vite et beaucoup. Le 25 mars, Sibeth Ndiaye, qui doit intervenir tous azimuts en tant que porte-parole du gouvernement pour expliquer de nouvelles réalités auxquelles personne ne s'attendait, est interrogée sur le problème de l'agriculture qui manque de bras et sur l'éventualité de demander l'appoint des professions inoccupées. Se voulant rassurante vis-à-vis de toute idée de réquisition, elle répond : « Nous n'entendons pas demander à un enseignant qui ne travaille pas compte tenu de la fermeture des écoles d'aller traverser la France pour cueillir des fraises. » La phrase allume immédiatement un brasier. Dans les minutes qui suivent, je suis assailli d'appels. Les réseaux sociaux et les chaînes d'information en font leurs choux gras. Des centaines de comptes sur Twitter affichent une fraise (aujourd'hui encore !) pour exprimer leur indignation. Mes efforts pour sonner la mobilisation générale depuis deux semaines et mes messages de soutien aux professeurs sont comme anéantis. Je joins Sibeth qui est désolée de ce malentendu. Je la presse d'écrire un rectificatif. Même si nous savons bien que cela n'évitera pas l'ébullition générale, cela pourra la modérer. Elle m'écrit : « Désolée pour le fait. » Je trouve cette dernière phrase assez jolie, assez littéraire. Faute avouée à moitié pardonnée, *a fortiori* quand c'est formulé bellement. Et puis elle m'envoie une petite rectification, celle que l'on joint à un SMS où il y a eu une faute d'orthographe, ou une formule indue à cause du correcteur automatique : « Désolée pour le fail. »

*

Du côté des oppositions, ce que l'on sent trop souvent mais pas toujours, c'est la volonté de considérer que, par définition, chaque décision du gouvernement doit être mauvaise. Cette approche est délétère pour l'intérêt général en temps de crise, elle l'est aussi pour ceux qui y consentent et s'y adonnent, parce qu'elle les conduit à des contradictions insoutenables. Les mêmes qui pensent qu'il est trop tôt pour déconfiner seront ceux qui plaideront peu de temps après pour une ouverture immédiate des discothèques. Je laisse à qui le souhaitera la charge minutieuse d'analyser les déclarations des uns et des autres tout au long de cette période.

Un soir de début avril, le Président me convie à passer le voir. Je conduis moi-même une voiture dans Paris désert, je rentre par la grille du Coq à l'arrière de l'Élysée, accueilli par les huissiers et officiers de sécurité. Celui qui m'accompagne est en survêtement. Je ne le reconnais pas tout de suite. Pourtant, je l'ai vu souvent. Exit les chaînes, les chemises blanches et les queues-de-pie noires. Ils ont tous troqué leurs costumes habituels pour des tenues de sport. Ambiance de pénombre, lumière de bougies. Le règne des apparences n'est plus. Vient celui des ombres, de la veille en temps obscurs.

Le Président est chaleureux et détendu. Je plaide une nouvelle fois pour un déconfinement aussi rapide que possible. Il en est convaincu et me demande de réfléchir à différents scénarios. Comme souvent avec lui, dès lors que l'on a un peu de temps, la conversation commence par des sujets pratiques pour prendre ensuite un tour philosophique. Le tragique de l'époque qui l'a vu prendre les rênes de la France ne lui échappe pas. Sur quoi s'appuyer pour la Renaissance nécessaire ? Sur l'éducation, d'abord et avant tout, évidemment. Et il est bien décidé à prendre bientôt les décisions qui s'imposent en ayant l'École comme priorité.

Tout le mois d'avril se déroule dans un climat de haute tension médiatique. Dès le 2 avril, soit à peine trois semaines après l'annonce du premier confinement, Jean Castex est nommé coordinateur de la politique de déconfinement. À cette date, les chiffres épidémiologiques sont toujours alarmants, et aucune date ferme de retour en classe n'est encore arrêtée. Son arrivée apporte de la technicité et de la fluidité dans les processus de décision, au prix d'un travail de Romain. Notre relation est tout de suite très cordiale et s'accompagne de beaucoup de franchise. Je me rappelle ainsi une discussion téléphonique un peu houleuse avec lui peu après sa prise de fonction sur le rythme de déconfinement à l'école primaire. Je plaide pour aller plus vite. Nous discutons pied à pied sur différents points en n'avançant que fort peu. Au bout de vingt minutes sans résultat, je conclus en lui disant : « Cher Jean, je suis heureux de terminer cette discussion en constatant que tu es finalement d'accord avec moi. » Il éclate de rire… et nous trouvons un bon accord. De ces moments naît une complicité. La France, l'État, la République, l'École, les enfants… Quand on s'arrime aux fondamentaux, on trouve une solution.

Je passe aussi beaucoup de temps à échanger avec le Président de la République et le Premier ministre sur la conduite à tenir pour le baccalauréat, qui se rapproche. J'entends l'inquiétude des familles et des élèves, et je mesure combien la fermeture des lycées engendre d'iniquités entre les lycéens dans leur degré de préparation. Pendant une semaine, nous organisons des concertations, notamment avec les représentants des lycéens, et un consensus se forme pour passer le baccalauréat et le diplôme national du brevet en contrôle continu, solution retenue par presque tous les pays. Après mon entretien avec le Président, j'annonce le 3 avril la décision ainsi prise. Celle-ci est dictée par plusieurs éléments : garantir l'équité entre les candidats, faire en sorte qu'aucun candidat ne soit lésé par une situation sanitaire à laquelle il ne peut rien, libérer le mois de juin de toute épreuve pour permettre aux élèves de travailler le plus longtemps possible, c'est-à-dire jusqu'au 4 juillet, et réduire ainsi les retards d'apprentissage pris durant cette période. L'objectif est que les élèves travaillent jusqu'au bout. Je répète à l'envi, s'agissant alors des élèves de première qui attendent ma décision sur le baccalauréat de français : « *plutôt Phèdre que Netflix* ».

Pour autant, ce ne fut pas sans une certaine amertume que j'annonçai le contrôle continu complet. Il n'y avait pas d'autre solution mais le baccalauréat s'était toujours tenu depuis sa création, même pendant la Seconde Guerre mondiale.

Le 13 avril est pour moi un grand jour. Le Président y

annonce en effet le déconfinement pour le 11 mai. C'est la thèse que je défendais et je savais qu'elle avait sa préférence. Mais il devait pour prendre cette décision aller à l'encontre du Conseil scientifique lui-même (qui préconisait la fermeture des écoles jusqu'en septembre) et d'une bonne partie des responsables politiques, y compris au sein de la majorité et du gouvernement. Ceinture et bretelles à tous les étages ! Il est tellement plus facile de s'abriter toujours derrière le principe de précaution. Cela donne une componction et un air de sagesse qui prémunissent contre tout. Il aurait été plus commode pour moi d'adopter une prudence absolue. Les pressions multiples et considérables que je recevais allaient presque toutes dans le sens de la fermeture. Le Président prit son risque, c'est d'ailleurs une expression fréquente chez lui, et la suite lui donnera raison.

Nous allons pouvoir autoriser le retour des enfants à l'École, faire le point avec eux et vérifier que tout le monde se porte bien. À ce moment-là, le nombre de contaminations est encore conséquent, et la plupart des autres pays n'ont pas annoncé leur volonté d'ouvrir les écoles, à l'exception notable de la Pologne, qui le fera le 27 avril ; l'Australie, Singapour et la Suisse ouvriront le 11 mai en même temps que la France. Pour l'heure, le Président de la République donne deux semaines à ses ministres pour préparer le plan de déconfinement. Nous rédigeons celui de l'Éducation nationale en envisageant un retour à la normale le plus rapide possible. Je le présente au Président et au Premier ministre le lundi, et le mardi devant les députés du groupe la République en marche en visioconférence. Ce plan installe dans les esprits la perspective concrète d'une réouverture progressive. Il est critiqué, ce qui était attendu et normal, pour son excessive rapidité. Je l'amende donc pour qu'il s'intègre dans le plan général présenté par Édouard Philippe. J'avais tous les jours des remontées qui me préoccupaient : les services de protection de l'enfance étaient saturés, certaines familles restaient injoignables. Comment ne pas craindre un décrochage scolaire massif ? Je regardais toujours avec inquiétude les lycéens de la voie professionnelle qui, faute d'ateliers ouverts, et à la différence de tous les autres, étaient pénalisés lourdement.

Mon défi était alors de répondre à la commande du chef de l'État et de le faire selon un protocole suffisamment strict pour garantir la sécurité sanitaire et rassurer les esprits.

Le plan de déconfinement définitif de l'Éducation nationale est présenté, comme pour les autres ministères, au Conseil de défense du 21 avril. On comptabilise alors 2,5 millions de cas de Covid-19 dans le monde et déjà 170 000 décès. La mortalité reste très forte dans une grande partie de l'Europe. Je suis impressionné par la capacité des Français à respecter strictement les mesures de confinement, qui sont pourtant lourdes de conséquences. Les effets collatéraux, dont je n'avais que des remontées empiriques, sont confirmés par les autorités de santé. Les psychiatres s'inquiètent de l'augmentation exponentielle des troubles de l'anxiété, des cas de décompensations et des tentatives de suicide. Les services psychiatriques de l'enfance sont d'ailleurs saturés alors que les services pédiatriques ne le sont pas, que ce soit au titre du Covid-19 ou des autres maladies. Nous assistons à la hausse des violences intrafamiliales, et on nous rapporte des cas de malnutrition.

Les défis logistiques et administratifs sont innombrables, particulièrement pour l'Éducation nationale. La capacité de production de masques en France est limitée, et les Français sont invités, comme en Allemagne, à les fabriquer eux-mêmes. Il ne fait aucun doute que notre capacité à rouvrir les écoles dépendra de l'approvisionnement en masques, comme de la rigueur de notre protocole sanitaire. La secrétaire générale du ministère y passe ses jours et ses nuits. Ses équipes doivent résoudre les problèmes les plus invraisemblables comme des tentatives de vol des stocks de masques sur les tarmacs chinois par des concurrents internationaux. Le savoir-faire de certaines grandes entreprises françaises nous sera utile pour régler les mille défis logistiques de cet approvisionnement. Sur ce sujet comme sur d'autres, nous avons appris de nouveaux métiers en deux mois. Le directeur général de l'enseignement scolaire est lui aussi à pied d'œuvre pour préparer une rentrée en plein milieu de l'année, où la priorité sera de rattraper ce qui peut l'être et de faire en sorte que les élèves continuent leur scolarité le mieux possible. Ce qui se joue vis-à-vis des élèves est encore plus psychologique que pédagogique. Nous travaillons heure par heure avec les autorités scientifiques pour aboutir à un protocole sanitaire le plus exhaustif possible et susceptible de rassurer chacun : espacement des tables, désinfection du matériel scolaire, aération des locaux…

Une semaine plus tard, le 28 avril, le Premier ministre présente devant le Parlement la stratégie de déconfinement du pays. Notre protocole sanitaire est prêt. Les écoles, les collèges et les lycées rouvriront en plusieurs vagues, en commençant par le primaire, comme le recommande la Société française de pédiatrie, qui souligne le caractère asymptomatique du Covid-19 chez les petits. Très vite, nous sommes confrontés aux peurs et au scepticisme. La précision du protocole et son exigence sont d'une nature inédite pour tous les acteurs. Des protestations se font entendre de toute part, portées par certaines organisations et certains élus. Je me souviens en particulier de cette pétition des maires d'Île-de-France qui, face à l'ampleur de la tâche, demande ni plus ni moins à l'État de repousser la date de réouverture (« *Nous, maires d'Île-de-France, vous demandons solennellement de repousser la date de réouverture des écoles s'agissant des départements classés rouges* »). Combien de fois il a fallu ne pas céder à des vents de panique ou à des champs de pression. J'ai parfois du mal à comprendre des acteurs qui plaident pour la fermeture et qui ensuite jugent le protocole sanitaire trop strict. Et je trouve que certaines critiques prennent le chemin de la facilité quand elles consistent à se plaindre du caractère pénible de tout cela. Il est évident que l'on aimerait tous se passer de cette série de contraintes.

Cette opposition trouve un écho à l'Assemblée nationale. Le 5 mai, le député communiste Sébastien Jumel affirme que les conditions ne sont pas réunies pour une reprise le 11 mai et qu'il faut reporter la rentrée. Je lui réponds que sur tous les sujets relatifs au déconfinement, il faut aussi raisonner *a contrario*. Qu'auraient-ils fait s'ils avaient été à notre place ? Auraient-ils décidé tout le contraire de nous ? Auraient-ils laissé les enfants confinés à la maison, y compris les plus défavorisés, dans des appartements exigus, jusqu'au mois de septembre ? Et avec quelles conséquences sociales ? Il serait beaucoup plus simple de décider de garder l'École fermée jusqu'à ce qu'un vaccin soit découvert. Il ne suffit pas de défendre l'École en temps normal, avec de grandes envolées, si c'est pour jouer avec elle à chaque crise en prétendant qu'elle n'est pas indispensable. Est-ce là la politique « de gauche » qu'ils prétendent défendre ?

Le 11 mai, jour de réouverture des écoles, je me trouve dans une école du IXe arrondissement de Paris. Tout nous semble nouveau. Je me souviens de ma surprise en voyant, à mon arrivée, les professeurs et les élèves masqués, et un sentiment d'irréalité me traverse. Bientôt, ces visages masqués ne surprendront plus personne alors qu'ils vont compliquer l'acte d'enseigner. Parler masqué six heures durant est redoutable. Ne pas pouvoir discerner les expressions des visages de ses élèves lors des leçons est perturbant. Je suis admiratif de la capacité d'adaptation des professeurs et des élèves ; elle déjoue les pronostics des Cassandre qui prédisaient une réouverture impossible, car trop complexe, trop rapide, trop incertaine. Je suis frappé, mais pas surpris, par la joie des élèves de retourner à l'École. Beaucoup prennent la parole pour me dire pourquoi ils sont heureux d'être de nouveau en classe. Ils ont conscience des enjeux, conscience de l'importance de l'École. Ils me parlent de leur ennui à la maison, de leur désarroi, des jeux vidéo, de la fatigue de leurs parents. Au cours des premiers jours de reprise, tous les élèves ne sont pas encore là, bien sûr, car beaucoup de parents, en particulier dans les quartiers populaires, craignent la contagiosité dans l'enceinte scolaire. Mais ces premiers retours en classe sont pour moi déjà une victoire : l'École a tenu, et j'ai la certitude que nous réussirons à faire revenir un à un chaque enfant.

Cette période est particulièrement difficile à traverser, tant sur le plan pratique qu'au regard du déchaînement des oppositions. Je la sais pourtant fatidique, car c'est durant ce mois de mai que se joue la possibilité pour nous de trouver la meilleure organisation permettant de tenir la promesse d'une rentrée de septembre réussie, dans un pays qui va devoir vivre durablement avec le virus. Les mesures volontaristes que nous prenons en mai et juin sont un test à grande échelle qui doit prouver, dans un climat de grande incertitude, que les écoles peuvent rester ouvertes sans aggraver la situation sanitaire.

À l'occasion de cette crise inédite, je repousse un peu plus encore les frontières trop étanches entre l'action éducative menée par le monde du sport, les collectivités et l'Éducation nationale. Il est en effet indispensable de mettre à profit tous les temps dont dispose l'enfant pour l'aider à rattraper le retard accumulé, qu'il soit physique ou scolaire, et surtout qu'on puisse donner à tous l'occasion de se retrouver autour d'activités éducatives. Pour cela, nous mettons sur pied un programme Sport-Santé-Culture-Civisme (2S2C), repris en quinze jours par 3 000 communes, pour développer les activités périscolaires. Avec ce programme, nous rodons aussi le dispositif « Vacances apprenantes » qui va nous permettre, en juillet et en août, d'accueillir un million d'enfants selon différentes configurations de vacances. La crise sanitaire nous donne alors l'opportunité de repenser ce qui avait été un peu délaissé : les colonies de vacances. Leur actualité n'a jamais été aussi grande dans un monde parfois trop individualiste, mais leurs modalités restaient à renforcer en les organisant autour du sport, de la culture, de la nature, pour leur redonner une belle attractivité.

Un an plus tard, au printemps 2021, alors que j'accompagnais le Président de la République à une commémoration, deux élèves d'un collège d'Aulnay-sous-Bois se précipitèrent vers moi : « *Monsieur, est-ce que vous allez refaire les Vacances apprenantes cet été ? C'était trop bien, on veut repartir en vacances, nous.* » À l'été 2021, l'opération est reconduite. Je l'espère pérennisée pour les décennies à venir.

*

Réussir la réouverture des écoles fut une fierté collective pour toute la maison Éducation nationale. Cela représenta sur le terrain et dans les académies un énorme travail. Les inspecteurs de l'Éducation nationale sont souvent allés voir chaque maire pour travailler sur les conditions de la réouverture et faire la pédagogie du protocole sanitaire. Les maires eux-mêmes ont mobilisé leurs équipes municipales qui n'ont pas ménagé leur peine pour que les enfants puissent être accueillis le jour J. Idem pour les départements et les régions, qui se sont organisés pour l'accueil progressif des collégiens et des lycéens en coopération étroite avec les services de l'État. Cette mobilisation générale a permis de réussir la réouverture des écoles. Mais il restait encore à réussir la rentrée de septembre.

À la suite du remaniement début juillet, l'élargissement du périmètre du ministère, qui intègre désormais le ministère des Sports et un nouveau secrétariat d'État à l'Éducation prioritaire, nécessite de repenser l'organisation générale des services et de pousser les murs. Je suis fier de ces nouvelles prérogatives. Et très heureux de la nouvelle équipe qui se constitue avec Roxana Maracineanu, Nathalie Élimas et Sarah El Haïry. Nous pourrons ainsi agir davantage sur l'éducation des enfants au-delà de l'École.

La réunion de l'Éducation nationale, de la Jeunesse et des Sports n'est pas nouvelle et s'inscrit dans le sillage de Jean Zay, grand préfigurateur des colonies de vacances et de tant de progrès dont nous sommes encore héritiers.

Rassurer. C'est le maître mot en vue de la préparation de la rentrée. Certes, l'épidémie a fait une pause durant ces vacances d'été, mais chacun en connaît la probable saisonnalité et il apparaît donc primordial de se préparer. Le protocole sanitaire est l'objet d'intenses discussions avec les syndicats. Le principe de ce protocole que je rends public en juillet est simple : définir plusieurs degrés de mesures pour s'adapter à toute situation. Nous pouvons ainsi faire bouger le curseur de notre réaction en fonction de l'évolution des choses.

De nouveau, on nous accuse d'incurie. À écouter certains, il ne faudrait pas rouvrir les écoles à la rentrée, alors même que les mois de mai et de juin ont montré le besoin d'École ressenti par les enfants. À trois jours de la rentrée, un groupe de scientifiques et de médecins croit bon de publier une pétition pour expliquer que l'Éducation nationale n'est pas prête. Je suis stupéfait de lire un tel texte, à ce moment-là. Comment imaginer que l'on puisse ainsi reporter la rentrée ou changer quoi que ce soit à la dernière minute ? Le contenu de cette pétition est déconcertant, tant par la forme que par le fond, puisqu'il est la démonstration que les signataires ignorent l'essentiel des mesures qui ont été prises. Ils s'expriment sur un ton qui emprunte davantage aux joutes politiques qu'aux débats scientifiques, même si les deux ont tendance à se mélanger dans cette crise, pour le pire. Aucun n'a pris la peine de joindre le ministère avant pour recueillir les réponses aux questions qu'ils se posaient.

La rentrée se réalise selon le plan établi et au jour prévu. Nous sommes particulièrement heureux de constater le retour de tous les élèves. Les débats sur le nombre de décrocheurs s'estompent alors totalement puisque de manière contre-intuitive la France compte moins de décrocheurs en 2020 qu'en 2019. L'affection de la France pour son École, le désir des élèves de la retrouver ont été plus forts que toutes les prévisions, même les plus optimistes.

Ce retour en classe de tous les élèves révèle l'ampleur des séquelles qu'a laissées le confinement. Comme je le craignais, les retards sont importants pour certains élèves, et l'évaluation de début d'année de CP nous le confirme. Nous engageons une course contre la montre pour rattraper le temps perdu, en mettant en place un accompagnement personnalisé à grande échelle.

Cette baisse du niveau, associée à l'état psychologique et physique de certains élèves, et l'absence de flambée épidémique, nous montrent avec le recul que réaliser la rentrée en temps et en heure était la bonne décision, la seule même envisageable.

Nous suivons au jour le jour les remontées épidémiques sur la situation des Écoles. Au cours des premières semaines de rentrée, une relation de plus en plus étroite s'affirme avec le ministère de la Santé pour piloter ensemble à l'échelle nationale comme à l'échelle régionale. Au cœur de notre stratégie, la méthode « tester, alerter, protéger », qui permet de casser les chaînes de contamination, en testant toute personne ayant des symptômes et en remontant les cas contacts avec rigueur et rapidité, fait ses preuves. L'unité d'action des recteurs avec les agences régionales de santé a permis d'endiguer de nombreuses contaminations. L'ouverture des écoles nous a ainsi permis de repérer des chaînes de contamination commencées le plus souvent en dehors de leurs murs et qui ne l'auraient pas été si elles n'avaient pas été signalées par l'institution scolaire.

En cette fin d'année 2020, l'automne approchant, la deuxième vague de coronavirus s'abat sur la France. Elle conduit le Président de la République à envisager un nouveau confinement. Je suis totalement convaincu que cette nouvelle phase ne doit pas inclure les écoles, les collèges et les lycées, et je converge en cela avec la Société française de pédiatrie, qui souligne les risques très faibles pour les jeunes de développer des formes graves de la maladie. Emmanuel Macron et Jean Castex sont de cet avis. Nous prenons de nouvelles mesures pour durcir le protocole sanitaire et affronter cette nouvelle vague de contagions. Le Haut Conseil de la santé publique préconise de rendre obligatoire le masque dès l'âge de six ans. Ce n'est pas une décision simple et j'y suis *a priori* rétif, car cela me semble une contrainte lourde pour des enfants très jeunes. Nous la prenons néanmoins.

Ce protocole très strict montrera son efficacité. En juillet 2021, avec le recul, les conclusions de Santé publique France seront d'ailleurs formelles : « *Il apparaît que les fermetures d'écoles, dans le contexte de protocoles sanitaires strictement appliqués, ne contribueraient pas de manière significative au contrôle de la pandémie.* »

Alors que nous commençons à gérer l'épidémie avec plus de sérénité, nous sommes frappés par un drame d'une gravité extrême : l'assassinat de Samuel Paty. Ce vendredi 16 octobre 2020, je suis dans mon bureau avec plusieurs collaborateurs quand on m'informe qu'un homme a été tué en pleine rue, à Conflans-Sainte-Honorine. Selon les premières indications que nous recevons, il s'agirait d'un professeur. Les informations se précisent au fil des minutes et je comprends très vite que nous sommes face à l'innommable : un professeur vient d'être décapité par un islamiste. Je contacte immédiatement la rectrice de Versailles qui se rend elle-même aux côtés de la principale du collège. Celle-ci me restitue par téléphone la chronologie des faits avec un courage et une lucidité exemplaires, malgré l'abattement immense qui la submerge, à l'unisson de tous ceux qui se sont rassemblés devant le collège et bientôt de la France entière. Un professeur vient d'être assassiné pour avoir exercé son métier ! Le désarroi et la rage sont des sentiments que l'on ne peut s'autoriser en de telles circonstances. Je pense à cet homme, si emblématique de ce que notre corps professoral a de meilleur. Il n'embrassera plus son fils de cinq ans. Je pense à ses parents, des professeurs eux aussi, dont je découvrirai plus tard la force et la dignité. Je pense à toute sa famille, à ses collègues, à ses élèves. Je me jure à cet instant de ne faire aucune concession à ce qui permet une telle infamie.

Très vite, je gagne la cellule de crise place Beauvau pour faire un point aux côtés de Marlène Schiappa et des équipes du ministère de l'Intérieur (Gérald Darmanin revenant d'un déplacement nous retrouvera bientôt). Le Président de la République nous rejoint et nous prenons connaissance des circonstances précises du meurtre. Nous partons en voiture et le Président me demande de monter avec lui. Nous roulons dans la nuit. Nous reprenons le fil des circonstances qui viennent de nous être exposées pour essayer de comprendre l'enchaînement des faits. À certains moments, nous faisons silence, comme pour prendre une respiration avant d'affronter l'atmosphère suffocante du lieu du crime. Nous parlons du drame, de sa signification, de la réaction que nous devons avoir. En franchissant un nouveau palier dans la barbarie, le fanatisme intégriste a touché un de ceux qui incarnent au quotidien la République, le savoir, le progrès : un professeur. L'assassinat de Samuel Paty provoque une sidération dans tous les pays face au terrorisme islamiste, et à la menace qu'il représente pour toute personne exerçant sa liberté d'expression.

Une fois au collège, nous écoutons la principale, plusieurs responsables, les policiers. Gérald Darmanin et moi entourons le Président qui s'exprime avec fermeté : « *Ils ne passeront pas.* »

Mes positions sur la laïcité et sur la défense de la République face au fondamentalisme islamiste ont été nettes depuis le début du quinquennat. « Ils ne passeront pas » : j'en fais ma devise et y resterai fidèle.

Le choc est considérable, dans toute la société française. Lors de la cérémonie d'hommage en Sorbonne, une autre phrase traduit l'émotion de tout un pays : « *Nous continuerons, professeur.* » Chacun se salue en silence en quittant la cour de la Sorbonne. Les visages sont fermés.

Ce moment de communion nationale sera hélas de courte durée. Très vite, de nouvelles polémiques renaissent. Comme il m'avait déjà été donné de le constater lors des tueries de *Charlie Hebdo*, de l'Hyper Cacher et du Bataclan, la cause républicaine, après avoir semblé gagner du terrain pendant quelques jours sous le coup de l'émotion des Français, recule de nouveau du fait de l'incroyable absence de scrupules des milieux antirépublicains. Je décide de nommer ceux qui à mes yeux, au quotidien, affaiblissent la République. En parlant d'islamo-gauchisme, j'ai le sentiment d'énoncer une évidence que j'ai constatée des dizaines de fois dans la vie académique comme dans la vie politique : des courants se voulant avant-gardistes et qui, pour certains sans le savoir, font le lit de ce qui est l'un des fascismes de notre temps. Je le fais au travers d'un concept consacré d'assez longue date par Pierre-André Taguieff et je n'ai donc pas le sentiment d'être très innovant, simplement très explicite. Cette déclaration déchaînera pourtant les passions, sans doute parce qu'elle visait au plus près ceux qui constituent ce courant en France. Aussi bien Edwy Plenel, au travers de Mediapart, que Jean-Luc Mélenchon, par la voix de La France insoumise, se feront mes procureurs zélés sur Internet et à l'Assemblée nationale, pour chercher à me discréditer et à me faire passer pour un extrémiste là où je ne défends jamais que des principes qui ont longtemps été ceux de la gauche républicaine. C'est ce que je réponds à Alexis Corbière qui tente de me décrire comme un réactionnaire, lors de la séance des questions au gouvernement du 27 octobre. Si défendre une position républicaine c'est désormais être d'extrême droite, c'est que cette extrême gauche a un problème avec la République.

Au retour des vacances de la Toussaint, l'hommage à Samuel Paty a lieu dans toutes les écoles et tous les établissements de France. J'ai demandé qu'il n'y ait pas d'exception et que tout manquement, comme le non-respect de la minute de silence, soit signalé. Ce fut un moment difficile, à cause de l'émotion qui nous étreignait tous et de difficultés de tous ordres, notamment celles liées à l'épidémie qui en ont empêché ou gêné parfois la préparation. Mais le travail pédagogique a été fait, la minute de silence a été respectée dans l'immense majorité des cas et les signalements suivis d'effet. La force a été du côté de la République. Personne n'a pu penser qu'il y avait un quelconque laxisme ou un quelconque aveuglement de l'institution. Mais il y aura un avant et un après et les conséquences de ce crime nous marquent pour toujours.

L'assassinat de Samuel Paty crée une crise dans la crise, la crise sécuritaire venant s'ajouter à la crise sanitaire. Au cours du mois de novembre, dans le climat lourd du deuil, l'institution acquiert un certain savoir-faire dans la gestion quotidienne de la crise sanitaire, même si cela reste éprouvant pour tous. Je peux en permanence compter sur le soutien politique et technique du Premier ministre et de son cabinet. La méthode « tester, alerter, protéger » fonctionne, le système de fermeture de classe est établi et nous maintient toujours dans une zone autour de 0,2 %. Les pratiques quotidiennes sont bien assimilées par les acteurs, et nous pouvons espérer que la crise soit sous contrôle. C'est compter sans les rebondissements permanents que le virus nous a imposés, sa désolante vitalité qui lui permet de s'adapter et de muter en permanence pour déjouer les stratégies humaines. Dès avant les vacances de Noël, l'expansion du variant britannique, plus contagieux, suscite de premières inquiétudes. Ce variant apparaît très vite comme une menace bien réelle, et tous les clignotants passent au rouge. Les courbes s'inversent et le variant devient dominant sur le territoire français, nous obligeant au cours du mois de janvier à reprendre l'ensemble de notre stratégie de prévention et de détection de la maladie. Nous nous pensions presque sortis d'affaire, et nous ne pouvons nous empêcher, mes collaborateurs et moi-même, de ressentir une certaine forme d'abattement face à la certitude de devoir de nouveau monter au front. Je me souviens avoir remarqué alors les cernes de mon directeur de cabinet qui, en janvier 2021, n'avait pas pris un seul jour de congé depuis mars 2020, à l'exception notable du 25 décembre et du 1er janvier.

Nous élaborons un protocole sanitaire encore plus strict que le précédent, avec la fermeture de classe automatique dès qu'un cas de Covid est détecté. Cette mesure crée une certaine désorganisation pour les familles, qui voient du jour au lendemain leurs enfants revenir à la maison pour plusieurs jours. Ce nouveau protocole s'accompagne du déploiement à grande échelle de tests salivaires afin d'identifier au plus tôt de nouveaux cas. Un montage logistique digne de l'horlogerie suisse est réalisé en peu de temps. Acheminer des tests salivaires dans plus de 55 000 implantations scolaires en quelques jours relève en effet du miracle. S'il y a eu du retard ici ou là, ayant entraîné des récriminations que je comprends, je peux témoigner du dévouement sans faille des services centraux et rectoraux de l'Éducation nationale pour réaliser ce que peu d'organisations au monde sont capables de faire.

À la fin du mois de janvier, face à une situation sanitaire délicate sans être catastrophique, les épidémiologistes exigent quasiment tous un reconfinement immédiat de la population. *Le Journal du dimanche* va même jusqu'à annoncer, le 24 janvier, que ce reconfinement a été décidé et qu'il est imminent. Le Président de la République examine l'ensemble des modèles prévisionnels. Tous ne prédisent pas une explosion des cas. Prenant son risque de nouveau, il tiendra le cap en décidant de ne pas confiner. Le mois de février nous démontre vite que c'était la bonne décision : l'évolution de l'épidémie ne correspond pas aux modèles catastrophiques, majoritaires, qui nous étaient présentés. Ainsi la France gagne-t-elle de précieuses semaines pour le système scolaire alors qu'en Allemagne les écoles fermaient. Depuis cette date, dans un Land comme Berlin, elles n'ont jamais été rouvertes totalement, avec la mise en place de demi-jauges journalières obligeant les familles à amener leurs enfants soit de 8 heures à 11 heures, soit de 11 heures à 14 heures.

Alors que nous sommes en plein milieu de la gestion de la crise sanitaire, certains syndicats se mobilisent et le 26 janvier appellent à une grève massive. C'est une initiative que je trouve discutable dans un moment où nous avons besoin d'unité et où, de plus, le dialogue social est intense avec le lancement du « Grenelle de l'éducation ». Elle fut peu suivie tout simplement car chacun perçoit qu'en ces moments le sens de l'unité doit l'emporter sur l'esprit de division.

Peu à peu, la campagne pour la fermeture des écoles reprend de la vigueur, jusqu'à devenir tellement puissante qu'elle en devient irrésistible. La publication d'une étude américaine, parue le 26 janvier, et défendant l'ouverture des écoles[1], n'est que très peu reprise. On comprend dans

1. *Data and Policy to Guide Opening Schools Safely to Limit the Spread of SARS-CoV-2 Infection*, Margaret A. Honein, Lisa C. Barrios, John T. Brooks, *JAMA*, 26 janvier 2021.

de tels moments comment s'opère un retournement de l'opinion. Les voix de quelques experts bien installés sur les plateaux télévisés viennent éclipser en quelques jours l'expérience de plusieurs mois de terrain. À la lumière de toutes les données qui me remontent, j'affirme par exemple que le milieu scolaire n'est pas particulièrement contaminant. Cette position sera souvent caricaturée pour me dépeindre comme une sorte d'intégriste de l'ouverture de l'École. Je ressens dans le domaine sanitaire ce que je ressentais lorsque je défendais les valeurs de la République. Les forces hostiles cherchent à vous marginaliser en estimant qu'une position ferme est une position fermée. Tel n'est pas le cas ! Tout au long de la crise, avec mes équipes, nous n'avons cessé de rechercher la souplesse, la flexibilité. Le pragmatisme a été le maître mot. Mais avec un objectif clair et intangible : l'intérêt supérieur de l'enfant. Pour cela, mon sextant est réglé non pas sur le dernier journal télévisé mais sur trois instances : la Haute Autorité de santé, le Conseil scientifique et la Société française de pédiatrie. C'est en considérant les trois, en s'en démarquant rarement, que les décisions sont prises. Les plus importantes le sont évidemment au Conseil de défense, sous l'autorité du Président de la République. L'un des enseignements de la crise est la vertu de la collégialité, tant sur le plan politique que sur le plan scientifique. Après plus d'un an de traversée, je n'accorde plus aucun crédit aux propos individuels. J'ai trop vu les dégâts du vedettariat, les contradictions des « experts », les jugements à l'emporte-pièce.

Dans *Le savant et le politique*, Max Weber distingue bien les logiques à l'œuvre dans les deux professions. Cela le conduit à fustiger particulièrement l'attitude professorale consistant à profiter du prestige de la chaire pour entrer dans le champ du politique, à profiter du prestige du paradigme de vérité qui auréole la science pour s'affranchir de ses exigences. La crise sanitaire nous a montré que Weber n'a pas été suffisamment lu et compris. Elle nous suggère aussi de réactualiser sa pensée pour mieux organiser la part prise par l'expertise dans la décision politique et mieux réfléchir à l'éthique communicationnelle du scientifique. Le serment d'Hippocrate ne pouvait prévoir l'âge télévisuel ! Mais on peut d'ores et déjà se référer à quelques principes simples. Les scientifiques comme les politiques doivent reconnaître la part d'incertitudes qui entoure leur jugement puis assumer ce qu'ils en déduisent. Les scientifiques comme les politiques doivent privilégier la collégialité comme étant le mode d'émergence le plus pertinent d'une intelligence collective. En politique, il y a néanmoins une différence car la décision peut, *in fine*, être solitaire, même si elle est précédée des plus grandes consultations. Les scientifiques doivent avoir, quand ils interviennent publiquement, d'abord une visée pédagogique. Cela suppose un ton et une méthode. Tout cela renvoie à un régime de responsabilité qui est, fort heureusement, très différent pour les scientifiques et pour les politiques. Et c'est à partir de la notion de responsabilité que l'on établira en ce siècle une approche renouvelée de la différence entre le savant et le politique.

Le 22 mars, les écoles et établissements de 16 départements passent en protocole renforcé. Cela signifie pour les lycées des passages en demi-jauge : les effectifs totaux de l'établissement ne doivent pas dépasser 50 % du nombre d'élèves habituellement constaté. On dénombre alors 148 structures scolaires fermées, soit 0,24 % des 60 000 structures, et 3 256 classes fermées, soit 0,6 % des 528 400 classes.

L'augmentation de l'incidence est manifeste, même si elle reste inférieure à celle de la population générale et qu'il faut la corréler au déploiement massif de tests salivaires en milieu scolaire. La courbe de positivité, quant à elle, reste deux fois inférieure à celle constatée en novembre 2020.

Fin mars, l'épidémie connaît un véritable coup d'accélérateur et la situation devient difficile à tenir. Le Président de la République me demande le 30 mars d'avancer les vacances scolaires du printemps pour laisser les écoles fermées au moins trois semaines.

Il me donne 24 heures pour lui proposer un plan d'organisation. Toujours fidèle au principe qui me guide depuis le début de la crise, je veux à tout prix éviter aux élèves de perdre trop d'heures d'enseignement, et c'est pourquoi nous lui proposons une solution intermédiaire. Ce sera un enseignement à distance pour tous dans le premier et dans le second degré à partir de la semaine suivante, puis toute la France s'alignera sur la zone A pour être en vacances en même temps, dès le 9 avril. Au retour des vacances, seuls les élèves des collèges et des lycées auront encore une semaine d'enseignement à distance, les élèves du primaire retournant tous en classe. Ce schéma nous aura permis de limiter à une seule semaine durant toute l'année scolaire 2020-2021 l'enseignement à distance pour les élèves de primaire (un tel enseignement, du fait du peu d'autonomie des jeunes enfants, ayant en bonne partie paru illusoire).

À la rentrée du 26 avril, les élèves retournent en classe et les chiffres redeviennent encourageants. L'embellie des résultats sanitaires accompagne l'embellie du printemps. Je me souviens de ce que nous vivions un an auparavant, aux mêmes dates, et certaines séquences se ressemblent. Nous sortons d'un confinement, certes beaucoup plus léger que le précédent, mais nous en sortons cette fois-ci plutôt en bonne posture, car les mesures ont été proportionnées à l'enjeu et permettent de constater une première décrue. Mais le même phénomène se reproduit, comme à chaque fois. Plus il y aurait à se réjouir collectivement d'un cap traversé, plus certains ont un intérêt à fomenter des polémiques nouvelles. Bien sûr, les éléments susceptibles de prêter le flanc à la critique ne manquent pas, car rien n'est parfait dans une telle période. Plutôt que d'adopter de manière systématique une attitude critique et contestataire, il me semble que le seul critère d'analyse de ce qui est fait ne peut être que le rapport avantage/inconvénient. Depuis mars 2020, ce que nous avons à faire ne comporte que des inconvénients et la seule bonne question à se poser est de savoir si nous les avons proportionnés aux avantages que nous en retirions.

Je ne nie pas qu'il existe de véritables problèmes et de véritables dilemmes. Ainsi en est-il des examens tels que nous devons les concevoir dans une période aussi complexe. Le 29 avril 2021, je me prête à un exercice que j'aime particulièrement, celui de réunir le Conseil national de la vie lycéenne en visioconférence. Je n'ai cessé de le faire tout au long de la crise, et depuis mars 2020 ces réunions ont toujours été très riches et très utiles : dans leur spontanéité, les élèves vous disent ce qu'ils pensent avec beaucoup de bonne foi et de bon sens. Mais cette séance n'est pas comme les précédentes. La nervosité est palpable dès les premières interventions. Les inquiétudes exprimées sont compréhensibles. Cette jeunesse commence à être impatiente face à toutes les contraintes que les circonstances ont imposées. Presque tous défendent alors l'idée qu'il faut passer le bac en contrôle continu. Je comprends leurs arguments : l'année a été difficile, les situations étaient différentes d'un lycée à un autre et les conditions de préparation n'ont pas été parfaites. Pour autant, nous avons déjà pris des mesures d'adaptation, en particulier en passant en contrôle continu l'évaluation des enseignements de spécialité, qui devait se tenir au mois de mars. Il ne reste donc plus à passer que l'écrit de philosophie et le nouveau grand oral, qui est l'épreuve emblématique du nouveau baccalauréat, puisqu'il porte justement sur les enseignements de spécialité qui ont permis d'en finir avec les séries (L, ES et S) qui cloisonnaient le parcours des élèves. À mes yeux, accepter un contrôle continu à 100 % cette année ne correspond pas à l'intérêt des lycéens. Je le leur dis, je ne les convaincs pas vraiment, mais je leur promets encore quelques aménagements leur permettant de comprendre que l'objectif est bien de travailler jusqu'au bout, de donner toute sa valeur au diplôme et de le faire avec bienveillance.

C'est là le sens de la proposition que nous leur faisons. Pour la philosophie, en leur laissant la possibilité de choisir la meilleure note entre celle obtenue en contrôle continu et celle obtenue en contrôle terminal. Je fais aussi le choix de maintenir le grand oral. La bonne réception de cette décision par les délégués du Conseil national de la vie lycéenne fut un moment important. De nouveau, la preuve était faite de la maturité de ces jeunes, de leur capacité à dialoguer et à faire le choix de décisions partagées dès lors que les arguments échangés permettaient de comprendre que c'était l'intérêt de tous qui était recherché.

Durant tous ces mois difficiles, nous avons ainsi été à la fois un pays où les écoles sont restées ouvertes et un pays où les examens ont pu être passés, moyennant certains aménagements concertés, qu'il s'agisse du grand oral, du baccalauréat de philosophie et de français, ou des épreuves essentielles de la voie technologique, professionnelle et des BTS. Le tout en parachevant un processus de réforme entamé bien avant la crise, dont l'objectif était une modernisation de notre lycée pour permettre aux élèves de réussir davantage dans l'enseignement supérieur. La crise sanitaire a pu troubler la perception de cet enjeu, mais elle n'a pas dévié le cap.

Le résultat souhaité a été atteint. J'ai acquis la conviction que nous y arriverions au début de la dernière ligne droite, au mois de mai.

Parfois, la lassitude ou la fatigue pouvaient nous gagner face à l'ampleur de la tâche mais aussi face aux critiques, aux attaques et même aux insultes. Certains soirs, je me rassérénais en analysant les données internationales, notamment celles de l'Unesco, exposées dans le tableau ci-contre.

Je voyais que nous avions sauvé les enfants de France d'un naufrage dramatique par-delà toutes les vicissitudes et tous les manques.

Bien sûr, la bataille n'était pas finie car le virus n'avait pas disparu et était toujours capable de repartir avec le variant indien. Mais nous avons pu préserver l'École et cela n'a pas de prix.

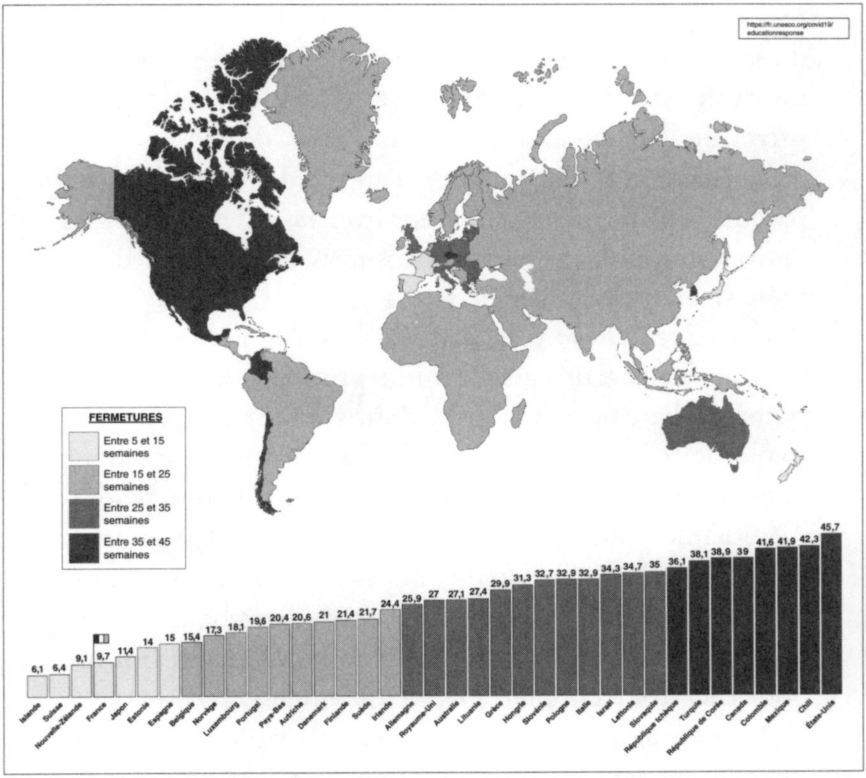

Durée des fermetures totales et partielles d'établissements scolaires liées au Covid-19

Durant ces mois de crise, je crois que chacun a compris le sens profond de ce qui se jouait en maintenant ouvertes nos écoles : les professeurs, qui ont éprouvé de grandes difficultés à enseigner à distance car leur métier repose sur le rapport humain et une transmission vivante du savoir, avec la certitude au fond d'eux que l'École, c'est un professeur face à un élève ; les élèves, qui se sont vus privés de leur vie avec leurs camarades, de l'insouciance de la jeunesse et du bonheur d'apprendre ensemble ; les parents, enfin, qui ont été confrontés à des problèmes parfois insolubles et qui ont compris la difficulté de ce métier, celui de transmettre.

Chacun a mesuré le prix de l'École. Pendant cette période, nous avons assisté à une prise de conscience, un point de bascule qui nous a donné à voir ce que notre École devait être, ce qu'elle devait encore réussir pour parvenir à donner à nos enfants ce dont ils ont besoin. L'épidémie, qui n'est pas finie, n'aura donc absolument pas marqué la fin de l'École, ni l'hégémonie d'un technicisme triomphant. L'École dont nous avons besoin est au contraire celle qui transmet des savoirs solides et qui use pour cela des technologies les plus modernes.

Au moment où l'année scolaire s'achève, j'ai l'occasion de remercier tous les personnels, de saluer le travail accompli, de reconnaître nos insuffisances, de constater l'épuisement. Nous sortons tous éreintés mais plus forts de cette traversée tempétueuse. L'École de France a tenu bon grâce à tous ses acteurs. Par-delà la fatigue, chacun peut ressentir une grande fierté et la confiance que cela donne pour affronter les défis qui vont encore se présenter.

II

VERS UNE NOUVELLE ALLIANCE ÉDUCATIVE ?

La crise sanitaire a représenté pour la France une forme de renouveau de l'alliance de la société avec son École. Le désir d'École a été comme régénéré. À l'échelle du monde, une catastrophe éducative a bien eu lieu. Les premières évaluations du phénomène sont publiées et sont très inquiétantes. Mais cette crise est aussi riche de promesses si nous savons en tirer les enseignements. Pour relever les défis qui se présentent à l'humanité, à commencer par ceux du développement durable et de la paix, la seule réponse possible est celle du renouveau de l'alliance du monde avec l'École.

L'avenir de l'humanité passe par un nouveau stade de sa relation avec l'éducation. L'éducation devra, plus encore qu'aujourd'hui, être considérée comme le cœur de la société, de l'économie et de la culture. Elle est distincte, par ses règles et par ses enjeux, de tout le reste de la société, mais elle en est la matrice. Elle a été, est, et sera le vecteur fondamental de l'égalité des chances. Quel que soit le modèle de société auquel on croit, l'École est ce qui permet la liberté et l'égalité. C'est elle qui peut compenser les inégalités de naissance, beaucoup plus et beaucoup mieux que n'importe quelle politique sociale. L'éducation sera aussi le moteur de l'économie du XXIe siècle, avec la santé et l'environnement. Enfin, l'éducation sera le support de la culture au sens de ce qui se transmet autant que de ce qui change. Ces trois enjeux détermineront le bien-être des femmes et des hommes dans les temps à venir et, à ce titre, donnent sens au travail à accomplir. Il n'y aura pas d'harmonie entre tout ce que l'humanité doit conserver et tout ce qu'elle doit changer s'il n'y a pas d'investissement massif dans l'éducation. La prise en compte de cet impératif conditionnera notre capacité à définir un avenir durable sur le plan écologique et géopolitique.

Dire cela, c'est rappeler que l'éducation est la mère de toutes les batailles. En cette année 2021, de nombreux gouvernements, dont le gouvernement français, ont engagé des dépenses supplémentaires pour rattraper tout ce qui peut l'être en matière scolaire. En France, la dépense intérieure en éducation s'élève à 6,6 % du PIB, 5,6 % du PIB quand on prend les seules dépenses publiques. Au niveau international, la moyenne est plus proche de 4,6 %. On voit bien que l'effort doit être mondial si l'on veut à la fois lutter contre les inégalités, ouvrir un nouveau chemin pour la connaissance et l'innovation et le faire selon les méthodes les plus appropriées, au service d'un nouvel humanisme.

L'accès à l'éducation est plus que jamais devenu, avec la crise sanitaire, un défi planétaire. Il s'agit avant tout de faire revenir les enfants à l'École dans les pays qui connaissent un décrochage massif. Ensuite, la priorité va au rattrapage des déficits d'apprentissage, à la remise en forme des élèves qui ont souffert des confinements prolongés. En France, une équipe du CHU de Clermont-Ferrand a établi en juin 2021 qu'en un an l'indice de masse corporelle (IMC, poids divisé par la taille au carré), reflet de la corpulence, a augmenté de 2 à 3 points en moyenne avec parallèlement des capacités cognitives en baisse. Notre défi concerne le corps et l'esprit de chaque enfant.

Toutes les sociétés et tous les États ne réagissent pas de la même façon face à un tel enjeu, et cela est assez significatif de la relation que chaque pays entretient avec son École. Les études internationales montrent d'ailleurs que la durée de fermeture des écoles est étroitement corrélée avec les résultats des élèves, c'est-à-dire avec l'investissement déjà réalisé dans l'École, lui-même significatif du soutien d'un État à son propre système éducatif. En somme, plus une société considère les enjeux éducatifs comme fondamentaux, plus les investissements sont importants et moins les écoles sont restées fermées[1]. Les écarts entre pays pourraient donc se creuser si l'on n'agit pas.

Il nous revient de faire émerger un nouveau paradigme

1. https://oecdedutoday.com/state-of-education-one-year-into-covid/

économique d'investissement massif et durable dans l'éducation. Il ne s'agit pas d'une compensation conjoncturelle, mais bien d'une prise de conscience nouvelle que la crise aura, on peut l'espérer, permis d'accélérer[1].

Dès avant la crise sanitaire je m'exprimais en ce sens au sein du Conseil européen, de l'Unesco, de l'OCDE, et dans le cadre de la francophonie. En 2018, lors du discours de Dakar, Emmanuel Macron s'était prononcé sur la nécessité d'un appui des pays du Nord aux pays du Sud en matière éducative. Égalité filles-garçons, formation professionnelle, formation des professeurs, ces trois priorités furent clairement énoncées et reprises par de nombreux pays comme des axes prioritaires de financement. En réalité, cela vaut pour les deux hémisphères car si les systèmes éducatifs sont très différents et plus ou moins robustes, l'enjeu est d'assurer des convergences pour un progrès collectif et mondial. On doit, ce faisant, articuler cette ambition éducative avec des plans de développement donnant de l'espoir et du travail aux jeunes des pays en voie de développement. Et sortir ainsi du cercle vicieux de la fuite des cerveaux. Les technologies modernes de formation à distance, le développement du plurilinguisme créent les conditions d'un espace mondial de l'éducation. Nous en sommes au début et la France doit y prendre toute sa part en tant que grande nation éducative. Il est

1. Voir le rapport de la commission internationale sur « Les grands défis économiques », présidée par Olivier Blanchard et Jean Tirole, juillet 2021.

indispensable qu'à un horizon assez proche on puisse réunir les responsables éducatifs du monde entier pour des sommets comme il en existe dans les domaines politique et économique. Il existe aujourd'hui des réunions mondiales. Mais on doit franchir un cap nouveau où la qualité scientifique des échanges permet d'avancer vers des solutions concrètes pour les problèmes de terrain rencontrés par chaque pays. Nous programmons un sommet de ce type, au côté d'Audrey Azoulay, directrice générale de l'Unesco, pour novembre 2021.

Je me souviens d'un Conseil européen organisé par la présidence finlandaise en 2019 et qui fut aussi savoureux qu'inédit. Il s'agissait, pour la première fois, de réunir ensemble les ministres de l'Économie et de l'Éducation. C'était une excellente méthode pour sortir un peu des jeux de rôle habituels qui font des premiers les gardiens vigilants d'une gestion équilibrée, tandis que les seconds seraient d'incurables dépensiers. Lorsque l'on parle avec des homologues européens, on voit que ce cliché existe presque partout. Ce Conseil européen permit de faire expliciter par les ministres de l'Économie que l'éducation est l'investissement le plus productif qu'une nation puisse faire dans la durée. D'ailleurs, ceux qui ont suivi ce chemin s'en trouvent bien aujourd'hui. Comment comprendre l'essor exceptionnel de certains pays asiatiques dépourvus de ressources naturelles, comme la Corée du Sud ou Singapour, sans considérer d'abord l'effort qu'ils accomplirent en matière d'éducation, d'enseignement supérieur et de recherche ? L'éducation n'est donc pas seulement un idéal social. C'est aussi le meilleur des calculs économiques dès lors que les moyens supplémentaires sont au service de progrès qualitatifs. C'est une vision que j'ai exprimée systématiquement dans chaque séminaire gouvernemental depuis 2017 en rappelant que la France ne se distingue pas par des dépenses éducatives particulièrement fortes alors que ses dépenses sociales de « réparation » sont, au contraire, hors du commun.

En d'autres termes, il vaut mieux investir l'argent public dans une éducation et une formation de qualité qui évitera le chômage plutôt que d'avoir ensuite à en assumer le coût massif. C'est en substance ce qui fut dit à cette réunion européenne. Mais, en cette matière comme dans d'autres, j'ai pu observer que les discours ne se traduisent pas immédiatement en actes. C'est pourquoi je décidai d'écrire avec ma collègue finlandaise une tribune qui constatait cette convergence de l'idéal social et du calcul économique de long terme. Ce fut un plaidoyer pour une vision dans la durée de nos choix budgétaires. C'était aussi une façon de prendre date pour la future présidence française de l'Union européenne. Depuis, je n'ai cessé de poser de petits cailloux pour dessiner ce chemin auquel je crois profondément.

En réalité, l'investissement en éducation répond au vaste spectre des défis sociaux et sociétaux de notre siècle. L'éducation est indispensable pour l'épanouissement de l'enfant, pour améliorer sa santé et son insertion dans la société. Une corrélation très nette est ainsi établie entre éducation et réduction du tabagisme, du taux de criminalité, entre éducation et augmentation de la confiance en soi, de la tolérance, de la culture de l'égalité et de la prospérité collective. Chaque année de scolarisation supplémentaire augmente le revenu d'un homme de 9 % et d'une femme de 11 %[1]. La transmission de connaissances et de savoir-faire est indispensable à ce qui constitue les compétences essentielles du XXIe siècle[2].

Il n'y a donc pas les « raisonnables » venus des milieux économiques et financiers et les « dépensiers » venus du monde de l'éducation. Les seuls « raisonnables » sur cette planète sont ceux qui voient que nous ne nous en sortirons pas si nous ne donnons pas réellement la priorité à l'avenir, c'est-à-dire aux enfants, c'est-à-dire à l'éducation.

À l'évidence, l'infléchissement durable de la courbe épidémique et l'éradication définitive de ce virus ne seront possibles qu'en adoptant des solutions mondiales, c'est-à-dire en construisant de nouvelles solidarités européennes et internationales. Pour protéger des vies humaines, la priorité absolue de nos pays a été de garantir le bon

1. https://www.education.gouv.fr/colloque-scientifique-quels-professeurs-au-xxie-siecle-307211

2. Le colloque scientifique intitulé « Quels professeurs au XXIe siècle ? », que nous avons organisé en collaboration avec le Conseil scientifique de l'Éducation nationale et Yann Algan, a permis d'aborder tous ces enjeux. Les actes qui sont en ligne, et notamment son chapitre 1 : « Pourquoi l'éducation et les professeurs sont-ils l'investissement du XXIe siècle », dressent un bilan exhaustif de la littérature sur ce sujet.

fonctionnement de nos systèmes de santé. Et nous avons réussi dans cette tâche. Alors que nous continuons à combattre le virus, nous devons commencer à construire une trajectoire durable de sortie de crise.

L'enjeu est donc, collectivement, de bâtir une alliance pour le monde qui vient. Elle reposera nécessairement sur quatre piliers : l'éducation, la santé, la prospérité et l'environnement. Ce raisonnement ne s'insère pas dans la fausse et impuissante alternative entre le « social » et l'« économique ». Il vise à créer un nouveau paradigme économique, où l'éducation, la santé et l'environnement s'uniraient de manière systémique au produit intérieur brut pour donner un indice de progrès intérieur brut. Ce progrès repose sur le potentiel de connaissance, de liberté et de bien-être que l'on donne à chaque enfant par l'éducation.

Ce basculement conceptuel qui doit se traduire par des politiques d'investissement offensives supposera beaucoup de coordination et d'impulsion à l'échelle nationale et internationale. On peut espérer cependant que la crise du Covid prépare les esprits à ce nouveau paradigme. Le plan de relance de Joe Biden (1 900 milliards de dollars sur dix ans) est significatif de ce changement car il consacre une part importante de ses dépenses à réamorcer la machine éducative américaine dans un pays qui a connu une fermeture massive et désastreuse de ses écoles en 2020 et 2021. Les écoles, de la maternelle au lycée, vont bénéficier d'une enveloppe de 126 milliards de dollars (105,7 milliards d'euros) et 39 milliards (32,7 milliards d'euros) seront consacrés aux crèches. Le plan inclut aussi 40 milliards pour les universités. Le poids de la dépense publique chinoise et de plusieurs importants pays en Asie – par ailleurs déjà en avance dans les classements internationaux – souligne combien les approches économiques les plus pertinentes sont celles qui ont su intégrer cet impératif éducatif. La France elle-même, où tant de postes restent vacants, parce que trop peu de personnes ont reçu la formation adéquate leur permettant de les pourvoir, connaît ce phénomène ; c'est ce qui justifie les surcroîts d'investissements qui ont été réalisés depuis 2017 dans le domaine de l'éducation, de l'apprentissage, de l'enseignement supérieur et de la formation professionnelle. C'est une des raisons pour lesquelles j'attache tant d'importance à nos lycées professionnels. Nous devons être attentifs dans cette phase d'investissement au renouveau de la valeur travail. Car l'un des risques du confinement, partout dans le monde, a été aussi d'habituer à une certaine distance vis-à-vis du labeur quotidien. L'éducation sera primordiale, une fois encore, pour cet enjeu car c'est elle qui relie la question du travail et celle de la liberté. La condition humaine est heureuse quand elle est une conquête permanente de liberté par la connaissance et l'effort.

Nous devons donc faire plus si nous voulons tracer un chemin de confiance et d'espoir à travers ce que l'on pourrait appeler les « Lumières du XXIe siècle ». Cela ne peut s'envisager pour notre pays que par une vision partagée avec nos voisins et amis européens. Dans tous les forums où il m'a été donné l'occasion d'intervenir, j'ai cherché à établir de telles alliances au sein même de l'Europe. J'ai toujours pu compter sur mon homologue et ami Armin Laschet en Allemagne, ministre-président de Rhénanie-du-Nord-Westphalie et ministre plénipotentiaire allemand pour les questions éducatives, qui a plaidé avec moi[1] l'idée que l'École puisse bénéficier d'une partie des investissements du plan de relance européen. J'ai aussi multiplié les initiatives permettant de déployer cette vision européenne de l'éducation, non seulement sous l'angle économique, mais aussi sous l'angle de projets communs. Emmanuel Macron avait déjà donné le *la* avec son discours du 26 septembre 2017 à la Sorbonne sur sa vision européenne. Il appelait au doublement des bourses Erasmus. Depuis, le budget de l'agence Erasmus + a augmenté de 80 % sous l'impulsion du nouveau Parlement et de la nouvelle Commission européenne, et nous travaillons à présent à faire bénéficier davantage les lycéens de la voie professionnelle, les apprentis et les futurs professeurs de cette nouvelle donne. Nous avons mis en œuvre sur l'ensemble du territoire français des projets de Campus professionnels binationaux, notamment franco-allemand, franco-espagnol et franco-italien, et nous irons plus loin pour que l'investissement en éducation soit aussi synonyme d'excellence des compétences de nos jeunes et de

1. Dans un entretien donné au *Figaro* le 16 juillet 2020.

formation aux emplois du futur, dans le domaine industriel comme dans celui des services.

Cette dynamique d'investissement, dont on voit combien elle peut être puissante en Europe, doit aussi se déployer en Afrique et en Amérique latine. Notre vision est distincte de celle des États-Unis et de la Chine en ces matières. Elle est plus conforme aux intérêts véritables de sociétés qui courent le risque du décrochage et de la fragmentation dans le contexte géopolitique actuel. Nous avons une responsabilité particulière sur ces sujets car les sièges des deux grandes institutions éducatives internationales, l'Unesco et l'OCDE, se trouvent à Paris. C'est pourquoi la capitale française doit devenir une capitale mondiale de l'éducation, où l'étude et la décision en matière d'éducation se discutent en permanence pour de constants progrès.

Ainsi la question de l'École, souvent considérée à très juste titre comme relevant de la souveraineté nationale, présente désormais, à ce carrefour de l'histoire humaine où nous nous trouvons, une dimension internationale incontestable. La vision de l'éducation doit donc être locale, nationale et internationale et c'est en ce sens aussi qu'il nous faut parler d'École ouverte, c'est-à-dire une École ouverte vers les enjeux de l'avenir, dans une vision pleinement humaniste et nécessairement mondiale.

Ce grand dessein, qui est porté par la France au niveau international, explique la politique éducative menée depuis 2017 qui poursuit deux objectifs clairs : élévation du niveau des élèves et justice sociale. Il est aussi lisible dans plusieurs discours d'Emmanuel Macron, notamment à la Sorbonne et à Dakar.

*

Il en va de même pour le travail que nous accomplissons sur la principale richesse de tout système éducatif : les professeurs. L'épidémie a montré à quel point la figure du professeur restait centrale dans nos sociétés. Le professeur est l'incarnation par excellence du principe d'humanité, car il a la charge de la transmission des savoirs. Là où le contrat naturel qu'est la vie donne cette mission aux parents, le contrat social le confère aux professeurs. Et c'est pourquoi l'alliance entre parents et professeurs est essentielle ; les systèmes éducatifs qui réussissent reposent d'abord sur cela. À l'opposé du consumérisme scolaire, de l'individualisme ou de la politisation des enjeux éducatifs, cette bonne relation suppose une considération et un respect pour la figure du professeur. C'est ce que j'ai voulu transformer en lançant le Grenelle de l'éducation. Nous avons travaillé à la revalorisation salariale des professeurs, qui est un enjeu en France et dans le monde. En deux ans, c'est 1,1 milliard d'euros qui permet aujourd'hui de meilleures rémunérations. Et qui amorce une logique pluriannuelle aboutissant à une revalorisation complète. J'ai souhaité que nous portions nos efforts dans un premier temps vers les débuts et les milieux de carrière, qui souffrent le plus des écarts constatés avec les autres pays de l'OCDE. À terme, mon souhait affiché est que tous les professeurs commencent leur carrière à 2 000 euros net mensuel. Pour autant, cette revalorisation ne doit pas porter uniquement sur les questions salariales. Le Grenelle de l'éducation, ouvert à l'automne 2020 et qui s'est achevé en mai 2021, a débouché sur douze engagements qui constituent une révolution pour notre maison. La personnalisation des parcours, la valorisation due à chacun au quotidien, la prise en compte du mérite, une vision au plus près du terrain, doivent permettre d'en finir avec le cliché du mammouth. J'ai pu déclarer que nous ne sommes plus un animal préhistorique mais « un peuple de colibris ». Cette formule indique l'enjeu de responsabilisation qu'il y a derrière les réformes actuelles. Je suis en effet convaincu que l'indifférenciation des trajectoires professionnelles, l'automatisme et la lenteur des avancements de carrière génèrent frustrations et sentiments d'injustice, aux antipodes de la reconnaissance que nous devons être capables d'apporter au travail des professeurs.

La revalorisation globale des métiers de l'éducation est aussi un enjeu d'attractivité. Le recrutement des professeurs dans le monde entier est une question centrale et souvent difficile. Les problèmes sont liés : difficultés à recruter, à bien former, difficultés à personnaliser les parcours et à rémunérer, difficultés finalement à assurer le bien-être professionnel et la compétence, lesquels rejaillissent ensuite sur le bien-être des élèves et leur formation. C'est pourquoi j'ai souhaité à l'échelle de la

France que nous puissions développer des réflexions et des actions pour transformer profondément nos modalités de recrutement, notre formation et la gestion des personnels.

Les mesures annoncées à la suite du Grenelle de l'éducation, qui devront aboutir à la révolution de nos ressources humaines, doivent beaucoup aux conclusions du colloque « Quels professeurs au XXIe siècle ? ». Ce colloque montre l'importance de développer plus avant des pratiques pédagogiques fondées sur une vision humaniste, et donc sur l'idée que tout élève peut progresser ; le travail en groupe des élèves, qui encourage la coopération et le sens de la citoyenneté ; la pédagogie explicite qui permet aux élèves les plus fragiles de progresser rapidement. Ces évolutions pédagogiques, qui participent chacune au développement des « compétences douces » de l'élève favorisant l'empathie et la vie civique, ne seront pleinement saisies par le corps enseignant que si elles s'accompagnent de nouvelles formations et manières de travailler ensemble. À cet égard, il faut souligner l'importance de développer la culture collaborative entre les professeurs, à la fois facteur d'efficacité et condition essentielle à leur bien-être. Cet esprit d'équipe peut passer par une nouvelle gouvernance dans les écoles et les établissements, mais également par la généralisation du mentorat et de la formation entre pairs. L'exercice du métier de professeur reste très solitaire : en début de carrière, seulement un professeur français sur quatre déclare avoir l'occasion d'enseigner aux côtés d'un professeur expérimenté lors de sa première année, contre plus d'un sur deux dans le reste du monde en 2018.

*

Cette alliance éducative des professeurs et des personnels autour de la réussite de l'élève doit également venir irriguer le triptyque élève/famille/professeur. Il nous reste encore à progresser sur la coéducation des enfants. Nous devons davantage expliquer aux parents la culture scolaire par des moments plus institutionnalisés, plus systématiques. Lorsque j'étais recteur à Créteil, j'ai ainsi mis en place « la Mallette des parents », une méthode permettant de réunir les parents en petits groupes pour créer des ponts entre ce que l'élève apprend en classe et ce qu'il vit à la maison. C'est devenu un site internet consultable par tous[1]. Dans cet esprit, nous souhaitons développer ce qui se fait déjà ici ou là, par exemple l'opportunité donnée aux parents d'accompagner leurs enfants dans l'apprentissage de la lecture. Dans certaines écoles, ils peuvent assister à un ou plusieurs cours de lecture du maître ou de la maîtresse de CP pour mieux comprendre comment on apprend progressivement à un enfant à lier les sons des lettres pour lire des mots, dont on apprend à saisir le sens.

Le proverbe africain dit : « Il faut un village pour

1. https://mallettedesparents.education.gouv.fr/

instruire un enfant. » C'est tellement vrai ! En 2017, j'ai résumé cela en une expression qui est encore aujourd'hui le fil d'Ariane de mon action : l'École de la confiance. Cela signifie que le cercle vertueux de l'éducation est celui de la confiance. Confiance de la société dans son École, confiance des parents envers l'institution à laquelle ils confient leurs enfants, confiance des professeurs envers les élèves et, vice versa, des élèves envers les professeurs, et enfin confiance des élèves en eux-mêmes. Car la confiance en soi de chaque enfant résulte toujours de la confiance qu'on lui donne et de celle qu'à son tour il porte à l'institution et la société.

L'École joue donc un rôle de cristallisation de ce climat de confiance. Ainsi, en redonnant confiance dans l'institution, nous voulons permettre aux élèves de croire de nouveau en leur potentiel. Il s'agit de donner des racines et des ailes à nos enfants. Des racines, parce que rien ne sera possible sans un surcroît d'effort dans la transmission de ce qui nous constitue, et des enjeux intemporels, ce qui passe d'abord par la maîtrise du français et des mathématiques, mais aussi par un ancrage dans tout ce qui nous lie à notre histoire et à notre condition d'être humain. Nous devons en particulier insister sur la renaissance des humanités, parce que la culture classique reste et restera le premier des outils dans la lutte contre les inégalités par la lecture du monde qu'elle offre à chaque enfant. C'est ainsi que nous travaillons au renouveau du grec et du latin. Les humanités sont le socle de l'humanisme, tout simplement.

C'est pour cette raison que nous avons tenu à faire réapparaître le mot « humanités » dans notre système scolaire avec la création de l'enseignement de spécialité « Humanités, littérature, philosophie » à la faveur de la réforme du baccalauréat.

Il s'agit aussi, ce faisant, de « donner des ailes » à chaque élève et de l'ouvrir à un monde qui évolue de plus en plus vite, un monde devenu de plus en plus technologique, qui nous oblige à le rendre de plus en plus humain. Il faut donc que nos enfants maîtrisent les langues de notre temps, c'est-à-dire aussi bien les langues vivantes que les langages des nouvelles technologies. Nous devons les protéger contre la rapidité de l'information qui nous prive de notre réflexivité, et les rendre vigilants face aux duperies et aux artefacts contemporains, démultipliés par la puissance d'internet, en leur apportant les clés de compréhension du monde toujours plus complexe dans lequel ils vivent.

Ainsi, notre École, tout en étant un lieu à part, est inscrite dans son temps, comme elle est inscrite dans son territoire. Preuve en est d'ailleurs l'intérêt que je porte aux langues régionales, dont je suis un défenseur, en dépit des faux procès qu'on a pu me faire à ce sujet. Pour ne prendre qu'un seul exemple, le nombre d'élèves qui étudient le breton à l'École publique a augmenté de 30 % en cinq ans. Du reste, depuis 2017, l'offre d'enseignement des langues régionales a été considérablement étoffée. Que l'on songe seulement à la réforme du baccalauréat, qui permet aujourd'hui aux élèves d'étudier les langues régionales en enseignement de spécialité à raison de 4 heures en première et 6 heures en terminale, ou à la création d'une agrégation « Langues de France » ouverte en 2018.

Défendre l'enseignement des langues régionales est éminemment nécessaire car toute langue, qu'elle soit faite de mots ou de chiffres, construit notre humanité. Les langues régionales contribuent à la formation intellectuelle et sensible d'un être humain, elles l'inscrivent dans une profondeur historique, l'ancrent dans une histoire et une terre. Et que cette langue soit alsacienne, amérindienne, basque, bretonne, catalane, corse, créole, occitane, elle est toujours de France.

Tout est affaire d'équilibre. C'est même le principal enseignement des humanités. *In medio stat virtus* (« Au milieu se tient la vertu ») : voilà une autre maxime, latine mais de source aristotélicienne, que j'ai toujours à l'esprit. C'est pourquoi la défense des langues régionales doit se réaliser dans le cadre de notre Constitution, de notre langue et de notre unité nationale, qui passe par l'enseignement du français à tous les élèves de France. Aussi, il importe d'adopter une position d'équilibre : concilier le respect de l'article 2 de notre Constitution (« *La langue de la République est le français* ») et la reconnaissance et la promotion de l'article 75-1 (« *Les langues régionales appartiennent au patrimoine de la France* »). C'est avec ce double impératif, selon cette double boussole, que l'enseignement de ces langues doit être préservé et soutenu.

Langues anciennes, langues régionales, langues étrangères, langages informatiques, l'école ouverte est nécessairement une école des langues sur la base d'une bonne maîtrise du français par chaque enfant.

*

La crise sanitaire nous a-t-elle empêchés d'avancer sur les réformes indispensables à cet ancrage et à cette élévation de tous nos élèves ? L'École ouverte, le projet philosophique et politique d'une École ouverte sur l'avenir sortent-ils abîmés d'une telle crise ? Il me semble que non. Les réformes éducatives les plus importantes de ce quinquennat ont bien continué de tracer leur sillon, grâce à la vaillance des acteurs mobilisés autour d'enjeux clairement exprimés et définis.

Les enjeux : rehausser le niveau général et lutter contre les inégalités sociales en les combattant à la racine, c'est-à-dire dès l'école primaire. La plus emblématique des réformes qui va dans ce sens est sans doute le dédoublement des classes de CP et CE1, entamé dès septembre 2017. Depuis ce moment, nous n'avons cessé d'étendre le dispositif qui concerne désormais 400 000 enfants par an. L'objectif est clair : faire en sorte qu'à l'entrée en 6e, tous les enfants maîtrisent la lecture, l'écriture et le calcul. Nous savons parfaitement que l'étape de l'école primaire est décisive et que c'est sur cet enjeu que se joue l'avenir de chaque enfant, et donc l'avenir de notre pays. Depuis 2017, cette priorité au primaire s'accompagne de rénovations pédagogiques profondes. La constitution d'un Conseil scientifique de l'Éducation nationale, présidé par Stanislas Dehaene, a permis de mettre à la disposition de tous les professeurs le meilleur de la recherche et nous assure collectivement de la pertinence des approches présentes et futures. Une très bonne illustration en est donnée par le système d'évaluation conçu par le Conseil scientifique et mis en place en début d'année pour les CP, les CE1 et les 6e ainsi qu'en milieu d'année également pour le CP. En permettant d'examiner très en profondeur le niveau de chaque enfant du pays en français et en mathématiques, ces outils d'évaluation nationaux constituent une approche inédite dans le monde. Nous donnons ainsi à chaque professeur un point de repère pour l'aide personnalisée éventuellement nécessaire à chaque enfant. Cela nous permet aussi de mesurer les progrès accomplis. En complément de cette démarche, nous avons élaboré avec le Conseil scientifique des documents qui font désormais référence auprès des professeurs en français et en mathématiques aussi bien dans leurs pratiques quotidiennes que dans leur formation continue. L'étude des données produites par ces évaluations nous permet d'affiner le diagnostic des difficultés scolaires. L'incidence sociale est connue depuis longtemps, mais l'inégalité entre les filles et les garçons, ou encore les difficultés que peuvent rencontrer les élèves nés en début d'année qui peuvent avoir 11 mois d'écart avec les plus âgés de leurs camarades – ce qui à cet âge est considérable –, le sont moins.

En matière de lecture par exemple, c'est cette approche qui souligne l'importance d'une méthode syllabique progressive où l'enjeu de la fluidité du décodage est clairement énoncé, au service de la compréhension du texte par les enfants. En d'autres termes, ce qui a beaucoup avancé depuis 2017, c'est la généralisation d'une approche qui efface les dernières scories de la méthode globale et réconcilie deux objectifs qui ne doivent jamais être opposés : la rapidité de décodage des mots par les enfants et la compréhension des textes. Ce qui progresse dans le même temps, et qui lui est intimement lié, est l'importance accordée au vocabulaire et à la grammaire. Leur acquisition dès l'école maternelle est décisive pour compenser les inégalités scolaires, puisque la richesse de vocabulaire est par excellence un capital familial créant une différence entre les enfants dès leurs premières années à l'École. À l'appui de cela, un plan Français et un plan Mathématiques (conçu dans la suite du plan Villani-Torossian) nous permettent de concevoir une formation moderne et systématique de tous nos professeurs des écoles, afin que là aussi les connaissances les plus avancées de la science en matière d'apprentissage du français et des mathématiques et les meilleures pratiques du terrain soient partagées par tous.

Cette méthode, à la croisée de la pédagogie, de la science, de l'expérience et de la recherche, initiée par d'autres pays avant nous, est désormais un point de consensus mondial pour faire progresser l'ensemble des systèmes éducatifs. J'ai souhaité que la France participe à ce grand mouvement et qu'elle affirme son rang de « puissance éducative », en jouant un rôle de premier plan.

Les premiers bourgeons de cette politique ont été visibles dès 2019. Ainsi, les évaluations des élèves de CE1 de début d'année montraient déjà des progrès en français dans cinq domaines sur six évalués et en mathématiques dans cinq domaines sur sept. En outre, l'écart entre les élèves scolarisés en éducation prioritaire et ceux hors de l'éducation prioritaire décroissait pour la première fois. Le grand objectif, qui n'avait jamais été atteint, de réduire l'écart entre les plus défavorisés et le reste de la population commençait ainsi à voir le jour, certes à un rythme que nous aurions aimé plus soutenu, mais avec une tendance très favorable[1].

Dès lors, le confinement de mars 2020 aurait pu en France déboucher sur une véritable catastrophe éducative, l'abattage d'un oiseau au début de son vol. Or, si les évaluations nous ont montré un affaissement, hélas prévisible en septembre 2020, du niveau général des élèves en CP, et une aggravation des écarts entre le secteur hors éducation prioritaire et en éducation prioritaire, cette baisse est restée relative puisque les résultats des élèves sont équivalents à ceux obtenus en septembre 2018. Nous pouvons voir là

1. « *Les performances sont en hausse en début de CE1 entre 2018 et 2019 et l'on observe une réduction des écarts entre les élèves de l'éducation prioritaire et ceux scolarisés hors éducation prioritaire* », in *Note de la direction de l'évaluation, de la prospective et de la performance du ministère de l'Éducation nationale, de la Jeunesse et des Sports* : « Évaluations repères 2019 de début de CE1 : des performances en hausse », n° 20.06, février 2021.

le résultat de la mobilisation pédagogique de tous les professeurs et du travail qui s'est accompli sur les ressources et la formation. Dès février 2021, cet affaissement a été rattrapé, et même mieux que compensé, de sorte que les élèves ont renoué avec une dynamique de progrès. Cette compensation des écarts et des baisses de résultats liés au premier confinement national au printemps 2020 justifie d'autant plus l'effort du gouvernement pour maintenir les écoles ouvertes.

Nous pouvons donc dire aujourd'hui que la « mère de toutes les batailles », celle de l'ancrage des savoirs fondamentaux chez tous les enfants dès l'école primaire, connaît de premières victoires.

L'enjeu, dans l'enseignement secondaire, est d'aboutir à une véritable personnalisation du parcours de l'élève. Au collège, le vecteur de personnalisation est le dispositif « Devoirs faits » qui, après quatre années d'existence, concerne désormais un collégien sur trois. Au travers de cette aide personnalisée proposée à toute famille qui le demande, le changement recherché n'est pas seulement l'amélioration des performances de l'élève, mais aussi l'amélioration de la relation entre élèves, parents et professeurs. C'est donc à la fois une mesure pratique et un état d'esprit. Toutefois, c'est au lycée que depuis 2017 les transformations les plus profondes ont été opérées dans l'enseignement secondaire. Encore une fois, ces transformations se sont faites dans le sens d'une plus grande ouverture de l'École.

Ainsi en va-t-il de la réforme de la voie professionnelle,

conçue en lien avec celle de l'apprentissage. Cette réforme a permis d'adopter une approche beaucoup plus pragmatique des apprentissages pour mieux préparer les élèves aux métiers de demain. Je suis particulièrement heureux de l'une de ces innovations, la création d'un chef-d'œuvre au cours de la scolarité de l'élève. C'est là un bel exemple d'une approche pédagogique par projet qui motive davantage l'élève, en donnant libre cours à sa créativité et ainsi à sa fierté dans un cadre stimulant[1].

La réforme de la voie générale et technologique a plus attiré l'attention. Au cœur de ces transformations, on trouve toujours à l'œuvre le principe de liberté qui s'accompagne d'une plus grande exigence. L'École ouverte signifie que l'on veut éviter à l'élève des parcours standardisés, comme l'étaient les voies S, L et ES, avec toutes les frustrations et toutes les artificialités qui s'y attachaient. Il s'agit d'offrir une gamme beaucoup plus complète de choix au travers des enseignements de spécialité correspondant souvent à des innovations. Des matières nouvelles comme « Numérique et sciences informatiques », « Histoire-géographie, géopolitique et sciences politiques » ou « Humanités, littérature et philosophie » ont pu ainsi faire leur apparition dès la classe de première. Cette réforme a été conçue grâce à une consultation de tous les acteurs, à commencer par les lycéens. Aujourd'hui

1. Rapport de Régis Marcon et de Céline Calvez, « La voie professionnelle scolaire : viser l'excellence », février 2018.

encore, les enquêtes montrent que les lycéens adhèrent à ce nouveau lycée parce qu'ils y voient un principe de liberté, mais aussi un principe de responsabilité. Par ailleurs, l'une des finalités de la réforme est d'arriver à une vision beaucoup plus ajustée de l'évaluation, en équilibrant pour le baccalauréat les notes de contrôle continu comptant pour 40 % et les notes de contrôle terminal comptant pour 60 %. Il s'agit de recueillir les avantages de chacune des deux formules : la valorisation du travail au quotidien, grâce au contrôle continu, et la démonstration d'un niveau atteint, objectivé grâce au contrôle terminal. Enfin, nous avons cherché à favoriser un lien beaucoup plus solide avec l'enseignement supérieur, aussi bien au travers des propres réflexions de l'élève sur son orientation au long de sa scolarité qu'avec Parcoursup, conçu pour que l'élève réfléchisse et se prépare mieux à sa réussite dans l'enseignement supérieur. En agissant sur l'amont, nous réduirons le nombre d'étudiants qui échouent à la fin de leur première année d'université. C'est notre objectif fondamental : travailler toujours en amont pour éviter les effets de déresponsabilisation qui conduisent à des échecs en aval. L'École ouverte, c'est aussi cela : la volonté d'éviter l'échec scolaire en donnant des bases plus sûres à chacun.

Plus généralement, l'objectif poursuivi par la réforme du baccalauréat est de consolider les connaissances de l'élève avec des programmes plus approfondis et de le préparer aux compétences attendues dans sa vie étudiante et professionnelle future. C'est le sens du grand oral, qui porte justement sur les enseignements de spécialité et qui permet de tourner le dos à cette activité mécanique et appauvrissante du bachotage pour, tout au contraire, entraîner les élèves à bien s'exprimer, à argumenter, à avoir confiance en eux-mêmes pour développer des thèmes qui leur sont chers et qu'ils ont approfondis tout au long de l'année. Ces enseignements de spécialité sont ainsi le corollaire d'une politique qui recherche avant tout à favoriser la liberté de choix des lycéens, les conduisant à davantage travailler sur ce qui correspond à leurs passions. Par cette liberté accrue, le lycéen est amené à éprouver plus de plaisir à apprendre et à explorer davantage les domaines qu'il aura privilégiés. Ce surcroît d'exigence couplé à un surcroît de liberté est pour moi la clé de voûte du nouveau lycée afin de hausser le niveau général et de répondre à l'intérêt réel de chaque élève.

La crise sanitaire aurait pu saper cette réforme dont l'accomplissement s'étalait sur trois ans. Il a fallu de fait consentir à des adaptations au fil du temps. Mais l'essentiel est préservé : la confiance que nous faisons aux lycéens pour choisir et se sentir responsables de leurs choix. La digitalisation de l'ensemble de l'examen et la correction dématérialisée de millions de copies nous ont permis de mieux passer le cap de cette crise sanitaire. Il faut s'en réjouir, car nous offrons l'exemple d'un système éducatif à la fois enraciné dans la transmission de connaissances robustes et capable d'innovations audacieuses uniques.

*

L'École ouverte est un projet de société qui vise à faire prendre conscience à chaque Français des potentialités gigantesques de notre pays comme de chacun de ses enfants, trop souvent minorées. Prendre confiance en sa réussite, prendre confiance en notre réussite collective : voilà le projet que nous poursuivons.

L'École ouverte, c'est une École qui ne laisse aucun de ses enfants au bord du chemin en temps d'épidémie comme en temps normal. Je pense bien évidemment aux élèves en difficulté, mais aussi aux enfants en situation de handicap. Nous nous sommes dotés en quatre ans d'un véritable service public de l'inclusion scolaire, avec 370 000 enfants accompagnés et 120 000 accompagnants recrutés, ce qui porte aujourd'hui à 10 % de l'ensemble des personnels le nombre d'accompagnants.

L'École ouverte, c'est une École où les élèves trouvent ce qu'ils n'ont pas toujours chez eux : un petit-déjeuner (153 000 distribués en 2020), une écoute attentive, de la bienveillance, un savoir exigeant, le plaisir de se dépasser, des amis, la pratique des arts, du sport, de la joie d'être ensemble, du soutien, de la considération, des règles aussi, un cadre explicite et clair… Tout ce qui fait l'épaisseur et la richesse infinie de la vie.

L'École ouverte, c'est une École où chacun, quelles que soient ses origines, quel que soit son lieu de naissance, réussit et trouve un tremplin pour aller au plus haut de ses talents et de ses envies.

L'École ouverte, c'est évidemment une École qui unit les parents, les professeurs, les élèves et l'ensemble de la société autour des enjeux d'éducation. Nous n'en avons jamais fini avec l'École, car le sel de la vie, même une fois la classe terminée, est d'apprendre, et de continuer à apprendre. C'est pourquoi il est si important de faire de l'École un lieu ouvert sur le monde associatif, sur la vie culturelle, et sur le monde du sport. Nous y travaillons avec mes trois collègues en tant que ministère de l'Éducation nationale, de la Jeunesse et des Sports.

L'École ouverte, c'est aussi une École où l'on recueille le legs du passé, les vies, les pensées, les actions de ceux qui nous ont précédés et qui tous disent quelque chose de nous. On y comprend aussi les enjeux les plus contemporains, la digitalisation de l'économie, la robotique, l'informatique quantique, les techniques les plus innovantes pour lutter contre le réchauffement climatique.

L'École ouverte est une École ouverte sur le monde, sur les langues, sur les autres, sur ce qui se fait de mieux ailleurs et que notre génie national permet d'adopter et d'adapter à notre vision propre. Aller au monde et que le monde vienne à nous, telle pourrait être la devise de l'École ouverte.

L'École ouverte, c'est une École qui ne se résigne jamais, qui n'abdique jamais et ne succombe jamais à la facilité. Elle est faite de femmes et d'hommes passionnément et viscéralement engagés pour l'acte le plus fondamental d'une civilisation : l'acte d'enseigner. Aucun obstacle, aucune peur, aucune démagogie ne pourra empêcher ce cœur, essentiel à la vie du corps et de l'esprit, de battre.

Durant ces longs mois de pandémie, j'ai toujours considéré que la pire des choses pour une école était d'être fermée, car elle a la responsabilité de la vie de nos enfants, de leur futur. Et, à mes yeux, il est impensable de priver un enfant de son avenir. Sous les critiques, en dépit des avis contradictoires et incertains, en tenant toujours compte de la sécurité des personnels, de leurs craintes légitimes, durant ces longues semaines, j'avais une conviction, un mantra pourrait-on dire, que je me répétais matin et soir : ouvrir les écoles.

L'École est un sanctuaire. Parce qu'il y règne un ordre spécifique, celui du savoir. Elle est donc protégée du tumulte du monde, de l'immédiateté, de la superficialité. Elle est le bastion de la connaissance, la couveuse des destinées humaines. Et, magie de l'institution, ce sanctuaire est ouvert. La vertu du cadre est d'ouvrir le champ des possibles. L'éducation est bien une contrainte qui crée la liberté. Cette liberté si essentielle pour le monde de demain, lequel aura l'École en son centre ou ne sera pas.

Composition : Nord Compo
Achevé d'imprimer sur Timson
par Normandie Roto Impression s.a.s.
61250 Lonrai en août 2021
Dépôt légal : août 2021
Numéro d'imprimeur : 2104194

ISBN: 978-2-07-296623-1 / Imprimé en France

401914